Deseo™

# El amante de la princesa

Michelle Celmer

Editado por HARLEQUIN IBÉRICA, S.A.
Núñez de Balboa, 56
28001 Madrid


EL AMANTE DE LA PRINCESA, N.º 1653 - 13.5.09
Título original: An Affair with the Princess
Publicada originalmente por Silhouette® Books



I.S.B.N.: 978-84-671-7200-3
Depósito legal: B-11254-2009
Editor responsable: Luis Pugni
Preimpresión y fotomecánica: M.T. Color & Diseño, S.L.
C/. Colquide, 6 portal 2 - 3º H. 28230 Las Rozas (Madrid)
Impresión y encuadernación: LITOGRAFÍA ROSÉS, S.A.
C/. Energía, 11. 08850 Gavá (Barcelona)
Fecha impresion para Argentina: 9.11.09
Distribuidor exclusivo para España: LOGISTA
Distribuidor para México: CODIPLYRSA
Distribuidores para Argentina: interior, BERTRAN, S.A.C. Vélez Sársfield, 1950. Cap. Fed./ Buenos Aires y Gran Buenos Aires, VACCARO SÁNCHEZ y Cía, S.A.
Distribuidor para Chile: DISTRIBUIDORA ALFA, S.A.

# *Capítulo Uno*

Como miembro de la familia real de Morgan Isle, había días en los que la princesa Sophie Renee Agustus Mead se sentía atenazada por su título.

Y aquél era uno de esos días.

El rey Phillip estaba detrás de su escritorio, en el estudio de palacio, trabajando. El parecido con su padre era increíble, pensó. El mismo pelo negro, los mismos ojos grises, la misma estatura y constitución atlética. Y la misma terquedad.

Sophie, por otro lado, había heredado el temperamento explosivo del difunto rey Frederick, de modo que respiró profundamente e intentó calmarse porque había aprendido que enfadarse no servía de nada.

–Cuando dijiste que estaría involucrada en el proyecto del hotel no sabía que mis actividades incluirían hacer de niñera.

–Nadie conoce esta isla tan bien como tú, Sophie. Y si el arquitecto va a diseñar un edificio acorde a las características de nuestro país, antes tendrá que visitarlo.

Ella había querido, había esperado, que por primera vez en la vida su familia dejase a un lado sus arcaicas tradiciones para darle alguna ocupación más interesante que organizar fiestas, acudir a cenas benéficas y hacer de embajadora de buena voluntad.

Phillip y su hermanastro, el príncipe Ethan, le habían asegurado que si seguía el programa real sin quejarse al final lograría un puesto en la cadena de hoteles que la familia había comprado recientemente. Pero, a juzgar por la tarea que acababan de asignarle, no podía dejar de pensar que le había tocado la peor parte.

Claro que si se negaba estaba segura de que Phillip la dejaría fuera del proyecto. Porque lo que él quería era verla casada y con hijos.

Con el reciente nacimiento de su hijo, Frederick, y el embarazo de la esposa de Ethan, Lizzy, de repente todo el mundo la miraba como diciendo: «muy bien, ahora te toca a ti».

Pero ella no estaba preparada. Y seguramente no lo estaría nunca.

–Muy bien –le dijo, con una sonrisa–. Lo haré. Aunque no me gusta nada la idea de pasar dos semanas con un extraño.

Phillip se relajó en su sillón, satisfecho después de haber conseguido lo que quería.

–Pues entonces te alegrará saber que no lo es.

–¿No es qué?

–Un extraño.

–Yo no conozco a ningún arquitecto americano.

–Porque cuando le conociste todavía no era arquitecto. Éramos compañeros de universidad y vino a

Morgan Isle a pasar unas vacaciones conmigo hace años.

A Sophie se le encogió el corazón. No podía referirse a...

–Y creo recordar que os llevabais de maravilla.

Si se refería al hombre al que ella sospechaba que se refería, «de maravilla» no podía ni empezar a describir las dos semanas que habían pasado juntos. Pero Phillip no estaba enterado. Sólo su madre, que sin saberlo Sophie había escuchado una conversación telefónica, supo hasta dónde había llegado su amistad con Alex.

Su hermanastro, Ethan, entró en el estudio en ese momento. Tras él iba un hombre cuyo rostro, a pesar de los diez años que habían pasado, seguía grabado en su corazón. En realidad no había cambiado mucho. Seguía llevando el pelo castaño claro muy corto y sus ojos azules seguían siendo penetrantes, casi hipnotizadores. Unos ojos en los que una vez ella había imaginado mirándose para siempre.

Alexander Rutledge, el único hombre al que había amado en toda su vida.

Phillip se levantó del sillón para saludar a su amigo con un entusiasta:

–¡Bienvenido a Morgan Isle, Alex!

Él dio un paso adelante, una sonrisa iluminando sus atractivas facciones. Iba vestido como sus hermanos, con un caro traje de chaqueta y zapatos italianos. Y estaba tan cerca que podría tocarlo con sólo alargar la mano, pero Alex no parecía haberse fijado en ella. ¿La habría olvidado?

Se le encogió el corazón al pensar que pudiera haberla olvidado. Pero era absurdo. Como si le importara después de tanto tiempo… pero no, Alexander Rutledge no era nada para ella.

Alex estrechó la mano del rey.

–Cuánto tiempo sin vernos. ¿Cómo estás?

–Ocupado –contestó Phillip–. Ahora soy padre de familia.

–Eso he oído. Y estoy deseando conocer a tu mujer y a tu hijo.

–Supongo que recordarás a mi hermana –dijo Phillip entonces–. La princesa Sophie.

Ella intentó disimular. Iba a hablar con Alex por primera vez en diez años. Diez años en los que no había pasado un solo día que no se acordarse de él.

Alex esbozó una sonrisa amable, cortés. Una sonrisa de cortesía.

–Me alegro de volver a verla, alteza.

¿Eso era todo? ¿Se alegraba de volver a verla?

Sophie tuvo que hacer un esfuerzo para contener las lágrimas.

–Hola, Alex –su voz sonaba sorprendentemente tranquila considerando que estaba temblando por dentro.

–Tengo entendido que tú serás mi guía durante mi estancia aquí –dijo él.

Pero, por su tono, era imposible saber qué le parecía eso. ¿La habría olvidado? ¿Habría olvidado aquellas dos maravillosas semanas?

–Eso parece. Pero acaban de informarme, así que aún no he podido organizar un itinerario. Espero que no te importe que la visita empiece mañana.

–No, claro que no.

No se mostraba antipático ni desagradable, sólo... indiferente.

¿Pero cómo había esperado que reaccionase? ¿Creía que iba a tomarla entre sus brazos para declararle amor eterno? No sabía nada de él, de su vida... incluso podría estar casado y tener hijos.

–Sophie, ¿te importaría acompañar a Alex a su suite?

–Claro que no –contestó ella–. ¿La suite azul?

–Sí, ésa. Y tómate tu tiempo –sonrió Phillip–. Ah, por cierto, me gustaría ver el itinerario cuando lo tengas terminado.

–Por supuesto. Te lo enviaré por fax esta tarde.

–¿Por qué no lo traes a la cena esta noche?

Sophie no sabía que iban a cenar juntos. Normalmente, ella cenaba en su propia residencia en el recinto de palacio...

–¿Es una invitación? –le preguntó, sonriendo dulcemente porque sabía que Phillip no invitaba, ordenaba.

–He pensado que deberíamos estar todos para darle la bienvenida a nuestro invitado –sonrió su hermano. Lo había dicho como una sugerencia pero, en realidad, lo que quería decir era que debía estar allí.

–¿A la hora habitual?

–A la hora habitual.

–Muy bien, nos vemos luego –Sophie se volvió hacia Alex–. Sígueme, por favor, te acompañaré a tu suite.

–Después de ti.

Ella no era una persona tímida. Ni siquiera en lo que se refería a su apariencia física porque había sido bendecida con buenos genes y, a los treinta años, seguía siendo alta y esbelta. Nada había empezado a descolgarse todavía.

Pero, por alguna razón, saber que Alex estaba detrás de ella la hacía sentir incómoda. Claro que si había aprendido algo durante esos años ejerciendo de… algo así como embajadora de buena voluntad era el arte de la conversación.

–¿Qué tal el viaje? –le preguntó, mientras lo llevaba al segundo piso, donde estaban las estancias para invitados.

–Agotador –contestó él–. Se me había olvidado lo largo que era el viaje entre Estados Unidos y Morgan Isle.

Alex iba un paso detrás de ella, algo que podría ser apropiado, pero le resultaba molesto porque quería verle la cara. Una cara que no había olvidado en diez años. Aunque probablemente sería mejor no recordar lo que hubo entre los dos.

Resultaba increíble que no estuviera enfadado por cómo habían terminado las cosas entre ellos. Claro que en cuanto estuvieran solos, Alex podría decirle lo que pensaba. Y sería lo más lógico. Fue ella quien había dado por rota la relación sin darle explicación alguna. Ella quien se negó a devolver las llamadas y le devolvía las cartas sin abrirlas.

¿Pero qué otra cosa podía hacer? La decisión le había sido arrebatada de las manos.

–El palacio no ha cambiado nada desde la última vez que estuve aquí –comentó Alex.

–Por aquí las cosas no cambian mucho.

–Ya veo –murmuró él. Y algo en su tono hizo que sintiera escalofríos–. Tú sigues siendo tan bella como hace diez años.

Sophie esperó que añadiera algo como «e igual de fría», pero al darse cuenta de que era sincero se le puso el corazón en la garganta.

–Tú también estás igual –respondió, desconcertada por lo vulnerable que se sentía. Vulnerable e incómoda. Y ella raramente se sentía así.

Cuando llegaron al segundo piso le hizo un gesto al guardia de seguridad que estaba de servicio mientras llevaba a Alex a la zona reservada para invitados.

–Creo que es la misma suite en la que te alojaste la última vez.

De hecho, sabía que lo era. Había pasado allí tiempo suficiente como para recordarlo.

–Como probablemente recordarás, éste es el salón y por ahí están el dormitorio y el cuarto de baño –le dijo, después de abrir la puerta.

–Me acuerdo –dijo Alex.

¿Estaría pensando lo mismo que ella? ¿Estaría recordando cuando se sentaban en el balcón y hablaban durante horas? ¿Recordaría la primera vez que la besó?

¿La primera vez que hicieron el amor?

Nunca antes o después un hombre la había hecho sentir más querida, más especial. Pero eso fue mucho tiempo atrás y tantas cosas habían cambiado desde entonces... ella había cambiado.

–Me acuerdo –dijo Alex entonces, mirando alrededor–. ¿Y sabes de qué más me acuerdo?

–¿De qué?

–De esto –respondió él, tirando de su brazo.

Ocurrió tan rápidamente que Sophie apenas tuvo tiempo de reaccionar. Alex la tomó entre sus brazos, el único sitio en el mundo en el que quería estar. El instinto le decía que se apartase, pero cuando buscó sus labios fue como si sólo llevaran un día separados.

Sophie sabía que aquello estaba mal en todos los sentidos; para empezar porque él podría estar casado. Pero el familiar sabor de sus labios, el aroma de su piel... después de experimentar eso, Sophie no podía, ni quería, hacer nada para detenerlo.

Había sido más fácil de lo que esperaba, pensaba Alex mientras Sophie se derretía entre sus brazos. Era tan dulce, tan excitante, tan sexy como antes. Enredando los dedos en sus rizos oscuros mordisqueó su labio inferior, preguntándose si eso seguiría gustándole... y la respuesta fue un suave gemido de placer.

Y él pensando que seducirla iba a ser una tarea difícil. Aunque hubiera sido lo más lógico. Al fin y al cabo, después de jurarle amor eterno, Sophie lo había dejado plantado sin una explicación.

Como si hubiera leído sus pensamientos, ella se puso tensa de repente. Y para no presionarla, Alex no dijo nada cuando dio un paso atrás.

Lo miraba con sus ojos del color del mar embravecido; un gris profundo, turbulento. Tenía las mejillas rojas y podía ver su pulso latiendo en la garganta. Y, si era sincero consigo mismo, él mismo estaba sin aliento. A pesar de todo lo que había pasado, de cómo lo había utilizado, seguía excitándolo.

Y por eso utilizarla a ella sería más satisfactorio.

–¿Por qué has hecho eso? –le preguntó, con voz temblorosa.

–Llevo diez años queriendo hacerlo.

Sophie dio otro paso atrás, llevándose un dedo a los labios como si el beso la hubiera quemado.

–Podría llamar a los guardias de seguridad y hacer que te detuvieran por atacarme.

Alex sonrió porque sabía que nunca haría eso. Podía ser egoísta, caprichosa y manipuladora, pero no era vengativa. Al menos, no lo era antes.

–Pero no lo harás porque eso sería mentira. Tú lo deseabas tanto como yo.

Podía ver por su reacción que estaba en lo cierto, pero también sabía que no iba a quedarse callada.

–No sé qué clase de mujer crees que soy, pero no suelo relacionarme con… con hombres de los que no sé nada. Podrías estar casado.

¿Era por eso por lo que parecía tan escandalizada?

Alex se cruzó de brazos.

–Veo que no te has enterado, pero acabo de pasar por el divorcio más desagradable de la historia.

Esa información pareció pillarla por sorpresa.

–No, no lo sabía. Lo siento.

Lo curioso era que parecía sentirlo de verdad. Y él pensando que sólo se preocupaba por sí misma… pero no, no creía ni por un momento que hubiera cambiado en esos diez años. Y no dudaba que, tarde o temprano, la auténtica Sophie haría su entrada. Pero cuando lo hiciera, él estaría preparado.

–Supongo que eso es lo que pasa cuando uno se casa con alguien de quien no está enamorado. Así que tú tenías razón.

Ella lo miró, aturdida.

–No te entiendo.

–Tú no querías a tu prometido, así que no te casaste con él. De hecho, Phillip me ha dicho que no te has casado.

–No, no me he casado –Sophie miró hacia la puerta y luego a él de nuevo–. Me marcho para que deshagas la maleta.

–¿Estás huyendo de mí?

Ella arrugó el ceño.

–Debo pedirte que, a partir de ahora, no vuelvas a tocarme. La próxima vez llamaré a seguridad.

No, no lo haría, pero por el momento le seguiría el juego. La dejaría pensar que lo tenía controlado.

–Por supuesto, alteza. Le pido disculpas por mi... inadecuado comportamiento.

–Cenamos en el comedor principal a las ocho en punto. ¿Recuerdas dónde está?

–Estoy seguro de que encontraré el camino.

–Si tienes alguna pregunta o necesitas algo, hay un directorio al lado del teléfono. La cocina está abierta veinticuatro horas al día... y ahí tienes un bar.

–Gracias.

Sophie asintió con la cabeza antes de salir de la habitación.

Quizá no iba a ser tan fácil como pensaba, pero siempre le habían gustado los retos. Cuanto más tenía que esforzarse para conseguir algo, más satisfactorio era el resultado.

Estaba arriesgándose, desde luego, poniendo en peligro su relación personal y profesional con Phillip. Su gabinete de arquitectura, Diseños Rutledge, no tenía rival en Norteamérica, pero necesitaban aquel encargo para que la empresa pudiera ser internacional. Como había soñado su padre, aunque nunca logró conseguirlo.

¿Y no había hecho siempre Alex lo que su padre esperaba de él?

Había muerto tres años antes y seguía intentando complacerlo.

Y, en parte, ésa era la razón de aquel amargo divorcio. Algo inevitable cuando un hombre se casaba por conveniencia en lugar de por amor. En toda su vida sólo había conocido a una mujer que entendiera la presión de vivir teniendo que cumplir las expectativas de los demás…

Y esa mujer era Sophie.

Cuando fue a pasar unas vacaciones en Morgan Isle diez años antes, Sophie y él habían conectado inmediatamente. Quizá porque cuando estaba con ella podía bajar la guardia y ser él mismo.

Pero no había sabido que sólo era un juego para ella.

Volver a verla lo devolvía al pasado… a la confusión, la humillación. ¿Qué mejor momento que aquél para su pequeña venganza?

Seducirla, hacer que se enamorase y luego dejarla, como había hecho Sophie con él.

# *Capítulo Dos*

Sophie seguía temblando mientras bajaba la escalera. Quería estar sola. Necesitaba tiempo para procesar lo que había pasado y averiguar por qué la había asustado tanto.

Pero cuando iba a salir se encontró con Ethan.

–¿Te vas a casa? –le preguntó su hermanastro, sujetando la puerta.

–Tengo que hacer un itinerario –suspiró Sophie.

Desde que salió de la suite de Alex se sentía helada y el cálido sol de la tarde le pareció una bendición mientras caminaban juntos hacia su Porsche.

–Supongo que te darás cuenta de que en ese deportivo no se puede poner una sillita de seguridad para el niño.

–No me lo recuerdes –riendo, Ethan sacó las llaves del bolsillo.

Aunque todo el mundo en la familia tenía un Rolls Royce con chófer a su disposición, Ethan prefería conducir él mismo. Y raramente usaba los servicios de seguridad.

–¿El invitado de Phillip está en su suite?

–Sí.

–Parece un tipo agradable.

–Sí, muy agradable –contestó ella. Demasiado agradable, en realidad. Y demasiado amistoso. No confiaba en él.

Ethan la miró, muy serio. Cuando hacía eso se parecía tanto a Phillip que era increíble.

–¿Ocurre algo?

La asombraba que, a pesar de haber descubierto la existencia de Ethan sólo un año antes, se entendieran tan bien. Debían ser los lazos de sangre. Y en un momento como aquél, resultaba increíblemente inconveniente.

–Estoy bien –le dijo, aunque se daba cuenta de que no la creía.

–Sé lo que te pasa, Sophie.

Ella tragó saliva. ¿Cómo podía Ethan saber nada sobre su relación con Alex? A menos que Alex se lo hubiera contado… algo a lo que no tenía derecho alguno.

–¿Ah, sí?

–Yo sentí lo mismo el día que me involucré en la dirección del hotel. Quería controlarlo todo, ser el que diera las órdenes… pero fue más fácil para mí porque no tenía a toda la familia detrás intentando controlarme.

Estaba hablando del negocio familiar, no de su complicado pasado con Alex. Y era un alivio. Aunque si había alguien en quien pudiera confiar además de su cuñada, Hannah, ése era Ethan. Aun así, ella prefería tomar sus propias decisiones.

–Quieres más responsabilidades –siguió Ethan–. Algo más que llevar a los invitados de un sitio a otro y enseñarles la isla.

Sophie se encogió de hombros.

–Pero no es así como se hacen las cosas en la familia. Soy una princesa y mis obligaciones son lo primero.

Ethan apretó su mano.

–Aunque no tengo mucha influencia con Phillip, intentaré hablar con él Aunque entre mis deberes y la llegada del niño, no tengo un minuto libre.

–¿Lizzy se encuentra mejor?

–Sigue teniendo náuseas por las mañanas, pero ha decidido seguir trabajando hasta que esté de ocho meses. Ya sabes lo inquieta que es, aunque la verdad es que apenas puede levantarse de la cama.

–¿En serio?

–No come nada y el médico está preocupado porque ha perdido mucho peso. La verdad, estoy pensando que deberíamos vivir en palacio. Al menos hasta que dé a luz.

–Estoy segura de que a Phillip le encantaría. Aunque debo decir que me sorprende un poco. Si no recuerdo mal, juraste que nunca vivirías en palacio.

Ethan sonrió.

–Supongo que no había esperado sentirme como en casa. Es asombroso lo rápido que han cambiado las cosas.

Sí, eso era verdad. Aquella misma mañana había sido sólo un día más para Sophie y, de repente, era como si todo su mundo se hubiera puesto patas arriba.

–Bueno, me voy. ¿Quieres que te lleve a casa?

–No, gracias. Hace un día precioso, así que iré dando un paseo –sonrió Sophie–. Dale recuerdos a Lizzy de mi parte. Y dile que si necesita ayuda, sólo tiene que pedirla.

–Lo haré.

Después de darle un beso en la mejilla, Ethan subió al deportivo y Sophie tomó el camino que llevaba a su residencia.

Parecía como si, últimamente, todos sus amigos y parientes estuvieran sentando la cabeza. Gente que, como ella, había jurado que nunca se ataría a nadie. Ethan tenía razón, las cosas cambiaban rápidamente. Pero para ella ciertas cosas, como desear un marido y una familia, no cambiarían nunca. Había pasado toda su vida luchando por su libertad y no pensaba rendirse.

Por nadie.

Utilizando como guía los itinerarios que había hecho en los últimos años, Sophie consiguió hacer un plan de visitas interesante para las siguientes dos semanas. Y era un reto, considerando que la mayoría de los invitados se quedaban sólo un par de días. Alex pasaría mucho tiempo con Phillip de pesca o jugando al golf, pero durante el resto de su estancia sería cosa suya.

Estaba haciendo copias del itinerario para Phillip cuando el mayordomo llamó a la puerta.

–Dime, Wilson.

–Siento interrumpirla, alteza, pero tiene una visita.

¿Una visita? Ella no esperaba a nadie. ¿Y cómo habían dejado pasar los guardias a quien fuera sin su permiso?

–¿Quién es?

–El señor Rutledge.

Como le había ocurrido antes, en el despacho de Phillip, se le encogió el corazón al oír ese apellido.

¿Por qué aparecía de repente? ¿Y qué estaba haciendo allí, en su residencia privada? No tenía ningún derecho a visitarla.

Estuvo a punto de pedirle a Wilson que le dijera que estaba ocupada, pero si se negaba a verlo Alex se daría cuenta de que su presencia la turbaba y Sophie no quería eso. Si tenía que pasar dos semanas con él, enseñándole la isla, mostrarse tan vulnerable sería un error.

De modo que tendría que verlo.

–Acompáñelo al estudio, por favor. Yo bajaré en un minuto.

Pero cuando se levantó de la silla le temblaban las piernas.

«Tranquilízate de una vez».

Si ésa era su reacción cada vez que lo veía, aquéllas iban a ser dos semanas agotadoras.

Sophie se detuvo frente a un espejo y se pellizcó las mejillas para darse un poco de color, diciéndose una vez más que Alex no tenía nada que ver con ella. Esa parte de su vida había terminado; ahora sólo era... un amigo de su hermano, un invitado.

Pero mientras bajaba al primer piso su corazón latía a una velocidad inusitada.

Alex estaba en el estudio, frente a la ventana, observando el cuidado jardín. Parecía perdido en sus pensamientos, a mil kilómetros de allí y, de nuevo, se quedó sorprendida por lo apuesto que era. Aprovechando que estaba distraído lo observó atentamente, recordando...

–Gracias por atenderme –dijo Alex entonces.

El sonido de su voz la asustó. Por mucha tranquilidad que quisiera fingir, siempre conseguía ponerla nerviosa.

–Pensé que la visita empezaba mañana.

–Lo sé, pero quería verte –dijo él–. Para pedirte disculpas otra vez.

Bueno, eso sí era inesperado.

–No hace falta.

–Sí hace falta. Lo que hice estuvo mal... –Alex se encogió de hombros–. Supongo que, de repente, creía estar de vuelta en el pasado. Y pensé, o quizá quise pensar, que tú sentías lo mismo, que me habías echado de menos tanto como yo a ti.

Parecía sincero, pero algo en sus palabras le sonaba falso. Los hombres que ella conocía no ofrecían sus sentimientos en bandeja. Por eso, naturalmente, no podía dejar de sospechar que Alex estaba diciendo lo que creía que ella quería escuchar.

¿O treinta años viviendo rodeada de hombres sin sentimientos la estaban convirtiendo en una cínica?

–Y como, evidentemente, tú no sientes lo mismo

–continuó Alex–, sólo quería decirte que lo siento y asegurarte que no volverá a pasar.

Sophie asintió, a su pesar un poco decepcionada. Pero ella no podía querer que volviera a pasar. ¿O sí?

El calor de sus labios, el roce de los dedos masculinos hacía que le temblasen las rodillas. Pero era sólo algo físico. Emocionalmente no había sitio para un hombre como él en su vida. Ni siquiera de forma temporal.

–Acepto tus disculpas.

–No suelo ser tan impulsivo. Es una excusa tonta, lo sé, pero el divorcio me ha dejado… un poco alterado.

–Lamento oír eso.

–Si no estás ocupada, había pensado que podríamos dar un paseo y charlar un rato. Parece que vamos a tener que pasar mucho tiempo juntos.

Después de terminar el itinerario no tenía mucho más que hacer y aún faltaban varias horas para la cena. Además, si charlaban un rato podrían sentirse un poco más cómodos el uno con el otro. Y no la mataría ofrecerle el beneficio de la duda, además.

Si pudiera quitarse de encima la sensación de que Alex tenía motivos ocultos…

Por el momento podría dar un paseo con él, pero iría con cuidado. Y a la primera señal de peligro lo pondría en su sitio.

***

–¿Quieres una copa? –le preguntó Sophie.

Y Alex supo en ese momento que sólo era una cuestión de tiempo. Se hacía la dura, pero él sabía cómo hacer que una mujer se derritiera. Siempre había sido capaz de entender al sexo opuesto y, fuera cual fuera la situación, llevarlas a su terreno. Ésa era la única razón por la que su matrimonio había durado lo que había durado. Aunque, mirando atrás, seguramente no había sido muy inteligente. Debería haber dejado a Cynhtia mucho antes. O mejor, no debería haberse casado con ella.

–Agua mineral, si no te importa.

–¿Con una rodajita de limón?

–Sí, gracias.

Imaginó que llamaría al mayordomo, pero ella misma se dirigió al bar y sirvió una copa de agua mineral para él y una de vino blanco para ella.

–Siéntate, por favor –dijo luego, señalando el sofá.

Sophie esperó hasta que se hubo sentado y luego se dejó caer sobre un sillón, cruzando las piernas. Llevaba un vestido de algodón que acentuaba su esbelta silueta... en realidad estaba más guapa que nunca. Siempre le había parecido un espíritu libre más que una princesa. Diez años antes se sentía ahogada por su título, pero ahora parecía encontrarse más cómoda en su papel.

Y se preguntó si seguiría siendo tan caprichosa y mimada como antes.

–Bonita casa –comentó–. Me sorprende que no vivas en palacio con el resto de la familia.

–Me gusta tener cierta intimidad.

–¿Llevas mucho tiempo viviendo aquí?

–Me mudé a esta residencia cuando murió mi madre.

Era lógico, pensó Alex. Seguramente sus padres no hubieran permitido que se fuera de palacio. Recordaba que eran muy estrictos y ésa había sido parte de la emoción de su aventura. Si la hubieran pillado entrando en su habitación de noche lo habrían echado de palacio sin dudar un momento.

–¿Cómo volvisteis a poneros en contacto mi hermano y tú?

Estaba haciendo una pregunta lógica, educada, manteniéndolo a distancia. Pero no importaba. Tenía dos semanas para conseguir lo que quería y, por el momento, le seguiría el juego.

–Hemos seguido en contacto durante todos estos años y cuando tuvo que encargar el proyecto del balneario pensó en mí. Afortunadamente le gustaron mis diseños y cuando se enteró de mi divorcio sugirió que me tomase unas semanas de vacaciones en Morgan Isle. Y debo admitir que llevaba meses sin estar tan relajado.

–¿Tienes un gabinete de arquitectura?

–Desde que mi padre murió, hace tres años.

–Ah, lo siento. ¿Cómo está tu madre?

–Bien, vive al norte de Nueva York, con mi hermana.

–¿Y tú sigues en Manhattan?

–Yo me quedé con el apartamento después del

divorcio, ella con la casa a las afueras –Alex hizo una mueca–. Si parezco un poco amargado es porque lo estoy.

Sophie asintió con la cabeza, comprensiva.

Le iría bien hacerse la víctima, pensó Alex entonces. Aunque la verdad era que la monstruosidad de casa que su ex había insistido en comprar nunca fue un hogar para él. Se pasaba la mayor parte del tiempo en la ciudad e iba a verla durante los fines de semana. Aunque durante el último año esas visitas se habían espaciado cada vez más y sólo se veían una vez al mes.

Cuando descubrió que Cynthia le estaba siendo infiel, en realidad se sintió más aliviado que dolido. Por fin podía decirle adiós.

Aunque eso no había impedido que su ex intentase quedarse con todo.

Alex tomó un sorbo de agua y dejó el vaso sobre la mesa.

–Por tu reacción en el despacho de Phillip, veo que no sabías nada de mi llegada.

–No, no sabía nada.

–Recuerdo cuánto te molestaba no enterarte de las cosas. Era como si estuvieras viendo escaparates, solías decir.

–Me sorprende que recuerdes eso.

Alex se inclinó un poco hacia delante.

–Recuerdo muchas cosas, alteza.

Antes de que Sophie tuviera oportunidad de replicar, el mayordomo apareció en la puerta.

–Su majestad quiere verla, alteza.

Alex y Sophie se levantaron a la vez cuando Phillip entró en la habitación.

–Ah, aquí estás, Alex.

–Perdona, no sabía que estuvieras buscándome.

–No es nada urgente –le aseguró Phillip–. Sólo quería comprobar que ya te habías instalado.

–Así es. Tengo todo lo que puedo desear en esa suite.

–Alex ha venido a buscarme para charlar un rato –intervino Sophie, en su tono nada que delatase su relación con él. O su ex relación.

–Y yo he venido porque quería hablar un momento con mi hermana –dijo Phillip entonces–. Si nos perdonas un momento, Alex...

–Sí, por supuesto. Debería volver a mi habitación de todas formas. Tengo que hacer unas llamadas antes de la cena. Encantado de charlar contigo, Sophie.

–Lo mismo digo.

Lo había dicho con una sonrisa demasiado indiferente para que fuese auténtica. ¿Lo haría por su hermano?

–Por favor, Wilson, acompañe al señor Rutledge a la puerta.

–Nos vemos en la cena –dijo Alex, antes de salir.

¿Por qué iría Phillip a verla a su residencia en lugar de llamarla por teléfono?, se preguntó Sophie.

Pero tenía la sensación de que iba a enterarse muy pronto.

# *Capítulo Tres*

El móvil de Alex empezó a sonar mientras volvía a palacio y, al mirar la pantalla, comprobó que era su abogado y mejor amigo, Jonah Livingston. Y lo de que fuera su mejor amigo era bueno y malo a la vez. No había nada de su vida que Jonah no supiera y solía echarle la bronca cuando le parecía que estaba haciendo algo que no se ajustaba a sus intereses, profesionales o personales.

Y normalmente tenía razón. Como el día de su boda, cuando le imploró que pensara bien lo que estaba haciendo. Jonah intentó convencerlo de que casarse con alguien a quien no amaba era mucho peor que no casarse en absoluto; que, al final, su padre y él harían las paces, que volvería a incluirlo en su testamento.

Y Alex desearía haberle hecho caso porque ahora casi temía contestar a esa llamada. Cuando se marchó de Nueva York todo lo relacionado con su divorcio estaba solucionado… o eso creía. Pero su ex aún no había firmado los papeles y no sería la primera vez que cambiaba de opinión en el último minuto para exigir algo más.

Llevaban discutiendo un año. Un largo y tedioso

año en el que él hubiese querido olvidar que había estado casado. Sólo quería que terminase todo de una vez.

–Espero que sean buenas noticias, Jonah –contestó por fin.

–Y yo espero que lo estés pasando bien –rió su amigo.

–Lo pasaría mejor si tuvieras alguna buena noticia que darme. ¿Has sabido algo del abogado de mi ex?

–Acabo de hablar con ella.

–¿Y?

–¿Quieres saber lo que ha dicho?

Alex cerró los ojos y suspiró pesadamente.

–No es momento para bromas, Jonah.

–Relájate, hombre. Esta vez tengo buenas noticias de verdad.

–¿Ha firmado los papeles?

–En el bufete de su abogado, ayer, con varios testigos. A partir de hoy estás oficialmente divorciado, así que eres un hombre libre.

Debería sentir cierta tristeza, remordimientos, algo... pero lo único que sentía era alivio.

–Es una noticia estupenda.

–Cynthia pasará por el apartamento mañana para recoger el resto de sus cosas.

–¿Y tú estarás allí?

–Por supuesto, iré con tres de mis socios, para estar seguros. No le quitaremos los ojos de encima, así que no se llevará nada que no deba llevarse. Y si lo intenta, llamaré a la policía.

Alex se alegraba de que Jonah estuviera llevando el asunto para no tener que hacerlo él mismo. Si no volvía a ver a Cynthia en toda su vida, estupendo. De hecho, sería lo mejor.

–¿Tú crees que intentaría llevarse algo que no fuera suyo?

–No, no lo creo. Es manipuladora y avariciosa, pero no es tonta. Además, sinceramente creo que desea el divorcio tanto como tú.

–Supongo que debería haberte hecho caso cuando dijiste que no debería casarme.

–Sí, pero no me escuchas nunca. Lo cual me recuerda... ¿qué tal va todo con tu princesa?

–No es mi princesa –contestó Alex–. Bueno, aún no.

–Espero que sepas lo que estás haciendo.

–¿No lo sé siempre?

Jonah soltó una carcajada.

–La verdad, no. Para eso me tienes a mí, para evitarte problemas.

–Tranquilo, esta vez lo tengo todo controlado.

–Me parece que he oído eso antes...

–No te preocupes, Jonah, esta vez es diferente. Sé muy bien lo que estoy haciendo.

–Sophie, tu comportamiento es totalmente inapropiado –empezó a decir Phillip.

Ella tuvo que hacer un esfuerzo para no poner los ojos en blanco.

–¿Qué comportamiento te parece inapropiado?

–No te hagas la tonta.

–Digamos por un momento que lo soy. Porque, francamente, no sé a qué te refieres.

–Estabas solas en tu residencia con mi invitado.

–¡No puedes decirlo en serio! –exclamó ella.

¿Cómo se atrevía a decirle a quién podía recibir en su casa y a quién no? Estaba harta de que todo el mundo le dijera cómo tenía que vivir su vida.

–¿Olvidas que eres tú quien me obliga a estar con él durante las próximas dos semanas? Por no decir que si decido invitarlo a mi casa es asunto mío y no tuyo.

–No es uno de tus pasatiempos temporales, Sophie. Alex y yo tenemos un asunto importante entre manos...

–¿Y qué?

–Que si esperas que te trate como a una igual, tendrás que hacer tu papel.

–Alex ha venido a mi casa, no al revés –protestó Sophie–. ¿Qué crees, que me he acostado con él? Ha estado aquí diez minutos...

–Sólo quería hacerte saber lo que pienso sobre el asunto.

Casi podría pensar que Phillip sabía algo de su pasada relación con Alex. Pero si lo supiera habría dicho algo. Phillip jamás se callaba nada cuando se trataba de desaprobar su comportamiento.

Y ella estaba harta de vivir bajo un microscopio.

Casi le daban ganas de acostarse con Alex sólo para darle en la cara a su hermano...

¿Pero qué demostraría con eso, además de que él tenía razón?

–Tengo que vestirme para la cena.

Una forma de decir que la dejase en paz sin decirlo, claro. Y lo más curioso fue que Phillip asintió sin protestar. Pero se volvió cuando estaba a punto de salir.

–Tú sabes que sólo hago lo que creo que es mejor para ti.

–Lo sé, Phillip.

Y ése era el problema. Que todo el mundo en palacio creía saber lo que era bueno para ella.

Afortunadamente, Alex estaba sentado al otro lado de la mesa durante la cena. Toda la familia estaba allí: Phillip y su esposa, la reina Hannah, Ethan y Lizzy, la pobre con mala cara, y su primo Charles, el abogado de la familia. Y, afortunadamente también, no hablaron de temas personales sino del hotel y de los planes para el balneario que diseñaría Alex.

–El solar es prácticamente nuestro –estaba diciendo Charles–. El viejo Houghton no tiene más remedio que vender. Considerando que se enfrenta a la ruina, lo que le ofrecemos es un regalo. Sería un tonto si no aceptara.

–Tendremos que demoler el antiguo edificio inmediatamente –dijo Phillip.

–Sí, ya tenemos fecha para la demolición –asintió Ethan.

–Pero es un edificio tan bonito –protestó Hannah–. ¿No hay manera de salvarlo?

–Aunque sea estéticamente bello, el edificio es viejo y estructuralmente peligroso, así que lo más efectivo es tirarlo –contestó Alex.

–¿Y los empleados a los que habrá que despedir? –preguntó Lizzy.

A pesar de sus intentos por tomar parte en la conversación, era evidente que se sentía fatal. Apenas había comido nada y apretaba la mano de su marido como si necesitase apoyo.

–Contrataremos a tantos como podamos –dijo Ethan–. Y la hija de Houghton, Victoria, será la nueva gerente. Es lo único en lo que ha insistido Houghton.

–¿Podemos confiar en ella? –preguntó Charles, para quien proteger a la familia real era un deber sagrado–. A pesar de la generosa naturaleza de la oferta, Houghton no ha ocultado su odio hacia la familia real. ¿Y si quiere que su hija sea la gerente para crear problemas?

–También lo hemos pensado –suspiró Ethan–. Hasta que comprobemos que se puede confiar en ella al cien por cien trabajará en tu bufete, para que puedas vigilarla. Sólo cuando sepamos con certeza que nos es leal ocupará su sitio en el hotel. Puedes encontrar un despacho para ella, ¿verdad, Charles?

El abogado asintió.

–Sí, claro, ningún problema.

Cuando se llevaban los platos del postre, Lizzy,

ahora pálida como un fantasma, se excusó para tumbarse un rato y Ethan fue con ella.

–No tiene buen aspecto –suspiró Hannah–. Yo lo pasé mal durante los primeros meses del embarazo, pero nunca tan mal.

–Yo también estoy preocupado –admitió Phillip–. Pero según Ethan, no se puede hacer nada. Les dije que no tenían que venir a cenar, pero por lo visto Lizzy insistió y ya sabes que es muy cabezota –añadió, mirando a su hermana.

–Para sobrevivir en esta familia tienes que serlo –sonrió Sophie.

Hannah miró de uno a otro como diciendo: «comportaos, por favor».

–Si me perdonáis un momento... tengo que ir a ver a Frederick.

Cuando se levantó, los hombres se levantaron también.

–Iré contigo –se ofreció Phillip.

Charles miró su reloj.

–Yo también debería marcharme. Tengo una cita esta noche.

Sophie soltó una risita.

–¿Hay alguna noche que no tengas una cita?

El abogado se limitó a sonreír.

–Sophie, ¿por qué no sales a dar un paseo con Alex? –sugirió Phillip–. Hace una noche preciosa.

O era una muestra de fe por parte de su hermano o estaba enviándole mensajes contradictorios. Aunque, en realidad, no tenía nada mejor que hacer.

Ethan estaba atendiendo a Lizzy, Phillip y Hannah se iban a dormir y Charles tenía una cita. Sophie no podía dejar de pensar que a ella le había tocado la peor parte.

Pero, como había hecho ese papel un millón de veces, se volvió hacia Alex con una sonrisa.

–¿Te apetece dar un paseo por los jardines?

Cuando él le devolvió la sonrisa podría haber jurado que había un brillo diabólico en sus ojos.

–Me encantaría, alteza.

Sophie tenía la sospecha de que aquello era una especie de prueba, que Phillip estaría vigilando. Y se preguntó qué diría si la viera dándole un beso en la rosaleda.

Estaba anocheciendo y el sol era un globo naranja en un cielo sin nubes. El calor del día había dejado paso a una suave brisa del mar que movía las copas de los árboles, extendiendo un suave aroma a musgo por todas partes.

Sophie lo llevó por un camino de piedra a través de la rosaleda que se había convertido en el orgullo de la familia. Cada año se ampliaba un poco más con nuevas especies, híbridos sobre todo, muchos de los cuales habían sido creados por el jardinero de palacio. Ella iba señalando las diferentes variedades, dándole su nombre científico y el nombre común, pero Alex no parecía estar escuchándola.

–¿Te aburro? –le preguntó por fin.

–No, perdona –sonrió él–. Estaba pensando en todo lo que he visto durante la cena.

–¿Qué quieres decir?

–Ha sido muy agradable. Casi había olvidado cómo era una cena familiar.

–Bueno, en general no solemos hablar de trabajo. Normalmente todo el mundo mete las narices en los asuntos de todo el mundo. Pero con buena intención, claro.

–En cualquier caso ha sido muy… cálida.

Sí, lo era. Se llevaban bien. Al menos ahora, antes no. Las únicas cenas que Phillip y ella habían compartido con sus padres eran las cenas oficiales. Su padre y su madre vivían vidas separadas, no sólo el uno del otro sino de sus hijos. La educación de los niños, en su opinión, era cosa de las niñeras.

Sophie solía pensar que eran Phillip y ella contra el mundo.

–¿Tu mujer y tú no cenabais juntos? –le preguntó. Enseguida se dio cuenta de lo personal de la pregunta, pero ya era demasiado tarde para echarse atrás. Y, en realidad, sentía cierta curiosidad.

–No, durante el último año apenas nos vimos –contestó él.

Parecía tan triste que Sophie no pudo evitar sentir cierta compasión.

–¿Tuvisteis hijos?

–No, ése era uno de los problemas: ella quería tenerlos, yo no.

Eso la sorprendió. Diez años antes, Alex parecía dispuesto a formar una familia. Igual que ella, si hubiera sido con él, claro. Ahora no tenía ningún sentido. No había encontrado un hombre con el que quisiera formar una familia y ya no le quedaba energía para seguir buscando. Los hombres con los que salía últimamente eran, como había dicho Phillip, un pasatiempo temporal.

–Pero no estaba siendo honesto del todo –siguió Alex–. Quería tener hijos, pero no con ella.

¿Entonces por qué se casó?, se preguntaba Sophie.

–Ya veo.

–Sé lo que estás pensando. ¿Por qué me casé con una mujer con la que no quería tener hijos?

–¿Por qué?

–Ciertas presiones por parte de mi familia. Yo era joven e ingenuo y pensé que aprendería a amarla. Para cuando descubrí que esa persona tenía que gustarte antes de amarla, ya era demasiado tarde.

Ésa era la diferencia entre los dos: ella sabía que nunca hubiera podido enamorarse del hombre que sus padres habían elegido para ella. Eso sólo ocurría en los cuentos de hadas. El matrimonio arreglado de sus padres había sido un completo fracaso... seguramente por la incapacidad de su padre de ser fiel a su esposa. Y por eso, su madre, a pesar de todo su dinero y todo su poder, había sido una mujer solitaria y triste.

Pero, en opinión de Sophie, la vida era demasiado corta como para pasarla atada a alguien a quien uno no podía soportar. Prefería estar sola.

–Supongo que no aprendiste a amarla con el tiempo.

–Hubiera sido imposible porque yo estaba enamorado de otra mujer.

Esa admisión la dejó inmóvil. Porque sospechaba que esa «otra mujer» de la que hablaba era ella.

Y cuando lo miró a los ojos descubrió que no estaba equivocada.

Era turbador y excitante al mismo tiempo saber que un hombre la había amado tanto que ninguna otra mujer podía hacerlo feliz. Pero también la hizo sentir culpable, como si hubiera destrozado su vida.

Lo cual era ridículo. Ella no lo había obligado a casarse con esa otra mujer. Como ella, Alex podía elegir. Los errores que hubiese cometido eran culpa suya.

¿Pero por qué eso no le parecía un consuelo?

–Tampoco ella me quería –siguió él–, así que supongo que estamos en paz. Sólo se casó conmigo por el apellido y por el rango social. Más allá de eso, no tenía muchas ambiciones –Alex metió las manos en los bolsillos del pantalón–. ¿Por qué no te has casado tú?

–No sé, supongo que porque nunca he conocido a un hombre con el que quisiera casarme.

Alex rió, sacudiendo la cabeza.

–¿Te parece gracioso?

–Pues sí. Dijiste que querías casarte conmigo... ¿o era un juego? Seducir a los hombres, hacerlos creer que quieres casarte y luego dejarlos sin ninguna explicación.

Sonaba más curioso que enfadado, pero había cierta tensión en su voz.

–No fue así, Alex.

–Fue exactamente así –rió él. Una risa falsa, irónica.

–Bueno, eso fue hace mucho tiempo. Ya no tiene importancia.

–Pero dime una cosa: ¿yo te importaba algo o sencillamente estabas aburrida?

–Pues claro que me importabas –contestó Sophie, indignada.

Pero había sido débil, incapaz de defender ese amor. No era algo de lo que estuviera orgullosa, pero no había forma de cambiar el pasado y recordarlo ahora no resolvería nada.

–¿Entonces?

–Hice lo que tenía que hacer.

Ése debería ser el final de la conversación, pero Alex no quería dejarlo.

–De modo que tus padres desaprobaban nuestra relación y tú no tuviste valor para luchar por nosotros. O a lo mejor no te importaba tanto.

–Me importaba, pero... en fin, es más complicado de lo que crees.

–Soy un hombre de razonable inteligencia, Sophie. ¿Por qué no intentas explicármelo?

Nada bueno podía salir de aquello, pero quizá después de tantos años se merecía la verdad.

–Cuando mis padres descubrieron nuestros planes de fugarnos se pusieron furiosos, naturalmente. Pero yo les dije que te quería, que iba a casarme contigo y que no podían hacer nada para detenerme.

–¿Pero te obligaron a romper conmigo?

–No, no fue eso. Al contrario, empezaron a hacer planes...

–No te entiendo.

–Empezaron a planear nuestra vida.

–¿Estás diciendo que aprobaban nuestra relación? ¿Iban a dejar que nos casáramos?

Sophie asintió con la cabeza.

–Si a tus padres les parecía bien, ¿por qué dejaste de contestar a mis llamadas? ¿Por qué no abrías mis cartas siquiera?

–Porque quería escapar. Yo quería... ser libre, vivir mi vida y tomar mis propias decisiones. Y allí estaba, en la misma situación que intentaba evitar. Mis padres controlando cada uno de mis movimientos.

–Lo que estás diciendo es que no me querías de verdad –dijo Alex en voz baja–. Sólo estabas utilizándome. Necesitabas un puente para la libertad y yo fui ese puente.

–No, no es eso. Yo te quería.

–Mientras sirviera a tus propósitos.

–¡No! –exclamó ella, dolida–. Dejarte ir fue lo más duro que he hecho en toda mi vida. Pero tuve que hacerlo. Tú tenías tanto sueños, tantos planes... hubieras tenido que renunciar a ellos. Diciéndote adiós, te daba la oportunidad de vivir tu vida.

–Pero ésa es una decisión que yo debería haber tomado por mí mismo.

–Tú no sabías dónde estabas metiéndote, Alex. Al final me habrías odiado y... yo no hubiera podido soportarlo.

–¿Y si pudieras volver a hacerlo otra vez?

De no haber sido por Alex ella no habría sabido lo que eran el amor y la pasión verdaderos. Incluso podría haberse casado con el hombre que sus padres habían elegido para ella, sencillamente porque así era como se hacían las cosas. Alex le había salvado la vida, en realidad.

Él alargó una mano para tocar su cara. El gesto era tan tierno, tan dulce que a Sophie le dieron ganas de llorar. Y quería besarlo una vez más, quería abrazarlo. Pero las palabras de Phillip se repetían en su cabeza... de modo que se apartó.

–No, Alex, por favor.

Una fuerte brisa movió los rosales entonces, helándola hasta los huesos. El sol se había escondido entre las copas de los árboles y las luces del jardín se habían encendido...

–Está oscureciendo. Deberíamos volver.

Pero cuando empezó a caminar hacia el palacio, Alex se quedó donde estaba.

–¿No vienes?

–Me gustaría pasear un rato más.

–Muy bien. Nos vemos por la mañana.

–¿A qué hora empieza la visita?

–¿Por qué no nos vemos en el vestíbulo a las nueve?

–Muy bien, hasta entonces.

Alex observó a Sophie perdiéndose entre las sombras antes de darse la vuelta para dirigirse al palacio, sombrío.

No creía la triste historia que le había contado. Sophie hacía las cosas teniendo a una sola persona en mente: ella misma.

Lo cual hacía que su plan fuera aún más satisfactorio. Las cosas iban exactamente como él había planeado y, aunque no le gustaba presumir, debía admitir que había hecho una interpretación de Oscar. Aunque no todo era una interpretación.

Lo que le había contado era cierto; hacía años que no pasaba tiempo con su familia, desde mucho antes del divorcio. Su madre y su hermana estaban decepcionadas con él porque, según ellas, no había hecho ningún esfuerzo para salvar la relación.

A saber lo que Cynthia, su ex, les habría contado. Pero aunque supieran que había tenido una aventura con otro hombre, daría igual. Como la mayoría de las mujeres, se apoyaban las unas a las otras.

Eso era algo que le gustaba de Sophie, que iba por libre. Según ella, la mayoría de las mujeres se sentían intimidades por su título y las que no se sentían intimidadas tenían intención de aprovecharse de alguna forma.

Alex sacudió la cabeza, sonriendo.

Últimamente estaba amargado con todas las mujeres, pensó. Y seguramente Sophie sólo era un objetivo conveniente.

Se lo estaba poniendo fácil, desde luego. Pero al día siguiente empezaría la diversión de verdad. Y sabía, sin la menor duda, que ella merecía recibir una dosis de su propia medicina.

# *Capítulo Cuatro*

Alex estaba esperando en el vestíbulo a las nueve en punto, como habían acordado, y Sophie se debatía entre la anticipación y la desilusión. En realidad, había esperado que tuviera que marcharse urgentemente para así ahorrarse el mal trago. Pero, por lo visto, al menos durante aquel día iba a tener que lidiar con ese inconveniente.

Aunque era un inconveniente muy atractivo, debía reconocer. Con un pantalón gris y una camisa de seda negra con los dos primeros botones desabrochados, dejando al descubierto un cuello increíblemente masculino, Sophie se vio perdida en los recuerdos…

¿Seguiría siendo su torso tan suave, tan bien definido? ¿Sería su piel tan cálida como antes?

Sophie sacudió la cabeza para alejar esos pensamientos. No quería saberlo.

–¿Has dormido bien? –le preguntó.

–Mejor que en mucho tiempo –contestó él.

En realidad, tenía un aspecto más alegre. Ella, por otro lado, había dormido fatal.

–Creo recordar que la última noche que dormí en esa cama no dormí en absoluto –dijo Alex, haciéndole un guiño–. Claro que entonces tenía compañía.

También ella lo recordaba con todo detalle. Recordaba sus besos, sus caricias... y cuando se quedaron dormidos, desnudos y abrazados como dos amantes.

El recuerdo hizo que se marease.

¿Dos semanas soportando esos recuerdos? Pues no, no le daría esa satisfacción.

–Fue hace mucho tiempo –le dijo, con expresión aburrida–. Supongo que lo había olvidado.

Alex se limitó a sonreír, como si pudiera ver lo que había detrás de esa máscara de frialdad.

–¿Nos vamos?

–Cuando digas, alteza.

¿Qué estaba haciendo, jugar con ella? A ese ritmo, iba a ser un día agotador.

Su guardaespaldas les abrió la puerta del coche y luego se sentó al lado del conductor.

–¿Qué vamos a hacer hoy? –preguntó Alex.

–Primero, vamos al Royal Inn. Algunas zonas del hotel siguen en obras, pero la mayoría de las reformas ya están terminadas. Comeremos en el restaurante del hotel y luego volveremos a palacio para cenar.

–¿Y mañana?

–Una visita al Museo de Historia Natural y al Centro de Investigación Científica. Luego, si tenemos tiempo, iremos a dar un paseo en coche por la costa.

–Supongo que no tendremos un momento para relajarnos.

–El miércoles tienes que jugar al golf con Phillip

a las siete de la mañana y el jueves mi hermano piensa llevarte de caza, al otro lado de la isla. El sábado pasarás el día con Phillip y Hannah en el yate.

–¿Y las noches? –preguntó él, con un brillo burlón en los ojos.

Oh, por favor. ¿Podía ser menos sutil?

–Seguro que encuentras alguna forma de divertirte –contestó Sophie.

En lugar de mostrarse ofendido, Alex soltó una carcajada.

–Phillip mencionó un evento benéfico…

–Sí, el viernes por la noche.

–¿Tú también asistirás?

–Por supuesto.

–Entonces resérvame un baile.

Sophie asintió amablemente, pensando: «ni lo sueñes».

Alex se inclinó un poco hacia ella en el interior del coche.

–Bueno, alteza, ¿qué sueles hacer normalmente?

–¿A qué te refieres?

–Si no tuvieras que enseñarme la isla, ¿qué harías un día normal?

Ella se encogió de hombros.

–Esto es lo que hago.

–¿Enseñas la isla a los invitados de tu hermano?

–Entre otras cosas. También acudo y organizo eventos benéficos, cenas oficiales… básicamente, el mío es un trabajo de Relaciones Públicas.

Alex asintió.

–Suena… interesante.

A Sophie no le pasó desapercibido el sarcasmo. ¿Quién era él para juzgarla?, se preguntó, enfadada. Estaba poniéndole muy difícil ser diplomática. Y sospechaba que eso era precisamente lo que quería.

Pero se negaba a darle esa satisfacción.

–¿No te parece bien?

–No, es que imaginaba que harías otras cosas… más importantes. Hace diez años tenías grandes aspiraciones.

En circunstancias normales ella sería la primera en admitir que sus deberes dejaban mucho que desear, pero frente a Alex se encontró defendiendo su puesto:

–Lo que yo hago es importante y necesario. Y no es tan banal como tú pareces creer.

–Lo sé, Sophie. Sólo me preguntaba si lo sabías tú.

¿Qué?

Por primera vez desde… bueno, desde siempre, alguien la había dejado en silencio.

Pero no tardó mucho en recuperarse.

–¿Qué has querido decir con eso?

Nadie en Morgan Isle se atrevía a hablarle con tanta franqueza y, en cierto modo, le resultaba divertido. Sí, era un alivio estar con alguien que no se mostraba obsequioso sólo porque era la princesa.

–Tenía la impresión de que no te dabas cuenta de lo importante que eres. ¿Sabes que Phillip se ha referido a ti en varias ocasiones como el pegamento que une a la familia?

Y ella pensando que Phillip la consideraba una

molestia... pero lo que más le sorprendía no era que su hermano pensara eso sino que se lo hubiera contado a alguien.

–Pues tiene una manera muy peculiar de demostrarlo.

–Los hermanos son así. Particularmente, los hermanos mayores. Pregúntale a mi hermana pequeña –sonrió Alex–. Más de una vez me ha acusado de meter la nariz donde no me correspondía. Pero yo lo hago con cariño, de verdad.

Sophie sonrió... pero borró inmediatamente la sonrisa de su rostro. Alex estaba rompiendo sus defensas, metiéndose bajo su piel. Dentro de su corazón.

Girando la cabeza, se dedicó a mirar por la ventanilla. Estaban dejando atrás el campo para entrar en la ciudad.

–¿Ocurre algo? –preguntó él.

–No, pero... no quiero hablar de eso. No es apropiado.

–Muy bien. ¿De qué quieres hablar?

De nada. Sólo quería estar allí, en silencio. Pero una buena anfitriona no se comportaría así. No, debía ser amable y alegre. Ella solía ser como un camaleón, haciendo lo que convenía en cada momento o con cada invitado. Pero con Alex no estaba segura de quién debía ser.

Afortunadamente, en unos minutos llegarían al hotel. Situada en el mar de Irlanda, entre Inglaterra e Irlanda, Morgan Isle era una isla pequeña, pero con mucho encanto. Doscientas veinte siete millas cuadradas de costa.

–Se me había olvidado lo bonita que es la bahía –murmuró Alex–. Un paraíso.

Por fin un tema de conversación que no tenía que ver con su vida privada. Qué alivio.

–A nosotros nos gusta pensar eso.

–Han construido muchos edificios desde la última vez que estuve aquí, ¿no?

–Sí, claro, aunque más del cuarenta por ciento de la isla está dedicado a parques naturales.

–Phillip me contó que el turismo se había triplicado en los últimos años.

–Así es.

Y no era una coincidencia, además. Los cambios habían empezado tras la muerte de su padre y Phillip se había encargado de todo. Aunque al principio de manera extraoficial porque su madre, que siguió en el trono hasta su muerte, estaba gravemente enferma.

Como hermano Phillip podía ser insoportable, pero era un buen líder. Y se le ocurrió entonces que nunca le había dicho lo orgullosa que estaba de él.

–Nuestra economía está creciendo y el valor de las propiedades inmobiliarias se ha duplicado.

–¿Y el coste de la vida?

–Es más alto en la costa, claro, pero razonablemente bajo en el interior.

–¿Hay incentivos arancelarios para los propietarios de negocios?

–Por supuesto. ¿Por qué lo preguntas?

Alex se encogió de hombros.

–Por curiosidad.

No estaría pensando irse a vivir allí, ¿no? Había mencionado algo sobre su deseo de ampliar los proyectos internacionales de su gabinete… pero no abriría un gabinete de arquitectura en Morgan Isle. Y, aunque así fuera, ella no tendría por qué verlo a diario.

Además, no debería importarle en absoluto lo que hiciera. Alex ya no era nada para ella. Al menos, eso era lo que quería creer.

–Ya hemos llegado –Sophie señaló el hotel, como un centinela vigilando sobre los demás edificios.

Alex se echó hacia delante para verlo mejor, tan cerca que Sophie podía sentir el calor de su piel y el sutil aroma de su colonia.

Y tuvo que hacer un esfuerzo para no apartarse. E incluso más para no tocarlo, para no esconder la cara en su cuello como solía hacer…

En lugar de eso se quedó inmóvil, esperando que él no se diera cuenta.

–Había visto fotografías, pero no le hacen justicia.

–No se puede apreciar hasta que lo has visto con tus propios ojos.

Aquello era lo mejor de la visita, pensó mientras observaba la expresión de Alex. En la costa, a unos pasos de una playa privada, era desde luego un trozo de paraíso. Y él parecía genuinamente impresionado.

Pero por fin Alex se echó hacia atrás y Sophie pudo respirar de nuevo.

–Arquitectura clásica, pero con un equilibrio perfecto entre el clasicismo y la modernidad. La verdad, siento cierta envidia. Me hubiera gustado diseñarlo.

–Tuvimos suerte de encontrar un edificio tan bonito en el sitio ideal. Aunque las reformas están siendo carísimas –Sophie se inclinó hacia delante para hablar con el conductor–. Llévenos a la entrada de servicio –luego se volvió hacia Alex–. Desde allí puedes ver el Houghton y la parcela donde se construirá el balneario.

Poco después salían del coche y Alex se puso unas gafas de sol.

Se movía con la gracia y la confianza de un hombre que se sabía atractivo, pero sin la arrogancia tan común en los hombres guapos.

Parecía cómodo en su propia piel. Claro que siempre había dado esa impresión.

–Como puedes ver, aún hay mucho trabajo por delante. Fue uno de los primeros hoteles que se construyeron aquí y los Houghton han sido propietarios de la parcela durante generaciones. Sus antepasados son casi tan antiguos como la familia real.

Él asintió, quitándose las gafas de sol.

–Es un edificio precioso. En los últimos años, más de la mitad de mi trabajo ha consistido en restaurar edificios antiguos y estoy seguro de que si los Houghton lo hubiesen cuidado mejor la estructura podría haberse salvado. Pero en estas condiciones... –Alex sacudió la cabeza–. No merece la pena conservarlo.

–Los edificios históricos de la zona han recibido subvenciones oficiales para costear reformas. Desgraciadamente, los Houghton nunca las solicitaron.

–Supongo que no se puede ayudar a la gente que no quiere ayuda. Bueno, ¿por qué no me enseñas el interior del hotel?

–Sí, claro.

Entraron a través de la cocina y, aunque la hora del desayuno había terminado, los cocineros ya estaban ocupados con el almuerzo.

–Muy moderna –comentó Alex.

–Sólo lo mejor, ya ves.

–Phillip me contó que tú habías sido la responsable de las reformas en la cocina.

–En parte, sí.

–Y también me dijo que eras una gran chef.

¿También le habría dicho que eso no le parecía bien? Porque no le sorprendería en absoluto.

–Es una de mis pasiones. Estudié alta cocina en Francia.

–Recuerdo que solías ser muy apasionada –sonrió él–. Pero eso debió ser después de conocerte. Lo de estudiar alta cocina, quiero decir.

Sophie asintió con la cabeza. Aunque no mucho después. Una cosa más por la que podía darle las gracias.

–¿Tus padres te dejaron ir a Francia a estudiar?

En realidad, había tenido que convencerlos.

–Digamos que llegamos a un acuerdo.

–Pues debió ser un acuerdo muy interesante.

Aunque a ella no le sirvió de nada porque cuando volvió a casa tuvo que hacerse cargo de sus obligaciones reales. Debería haber imaginado que sus padres nunca la dejarían realizarse como chef.

–Tener mi propio restaurante siempre ha sido mi gran sueño –Sophie miró los modernos electrodomésticos, el mobiliario, la carta que ella misma había diseñado…

Quizá nunca tendría oportunidad de usarla, pero aquella era su cocina.

Alguien dejó caer una sartén entonces y el guardaespaldas llegó inmediatamente a su lado, pero Sophie le hizo un gesto con la mano para que se apartase.

–¿Cuántos guardaespaldas sueles llevar? –preguntó Alex.

–Depende de la ocasión. Los miembros de la familia real no pueden salir de palacio sin llevar escolta. Salvo Ethan, que se niega. Pero Maurice –Sophie señaló al hombre que iba tras ellos –es uno de los más leales. ¿Verdad que sí, Maurice?

El hombre esbozó una sonrisa.

–¿No te molesta que haya alguien siguiéndote constantemente?

–Antes sí, ahora casi no me doy cuenta. Además, es necesario.

–¿Por qué? ¿Has recibido amenazas?

Le sorprendió ver un brillo de inquietud en sus ojos. ¿De verdad seguía preocupado por ella después de tantos años?

–No a mí personalmente, ni a Phillip, pero hay que tener cuidado. Mi abuelo sufrió un intento de asesinato hace años. Y mi padre, el rey Frederick, tuvo que lidiar con algunas situaciones... complicadas. Era un hombre muy arrogante, debo decir, y bastante egoísta.

Los métodos e ideales de su padre eran algo que ella no aprobaba, pero Phillip había ido transformando la institución poco a poco para adaptarla al siglo XXI.

–Bueno, sigamos.

Aunque sus apariciones públicas solían causar revuelo, mientras le enseñaba el vestíbulo con su elegante cascada, Sophie notó que muchos ojos estaban clavados en Alex. ¿Y por qué no? Era el tipo de hombre al que otros hombres miraban con envidia y las mujeres con admiración. Ella no era celosa, pero en circunstancias diferentes...

Circunstancias que no tendrían lugar, se recordó a sí misma.

# *Capítulo Cinco*

Después de enseñarle algunas de las mejores suites, almorzaron en Les Régals du Rois, el nuevo restaurante francés del hotel.

Alex estaba realmente impresionado con el Royal Inn, un establecimiento muy elegante y exclusivo, pero al que acudían tanto los más privilegiados como clientes normales.

En términos de tamaño, aquel proyecto no era lo que él consideraría importante, pero en términos de notoriedad sería interesantísimo.

–¿Qué te parece? –le preguntó ella cuando volvieron al coche.

–Creo que tu familia tiene una buena inversión entre manos.

Sophie sonrió. Y él pensando que había olvidado cómo hacerlo... pero era evidente que estaba orgullosa de lo que había conseguido su familia.

–No soy un experto en hoteles, pero hay una cosa a tomar en cuenta.

–Dime.

–He estado haciendo averiguaciones y creo que en Morgan Isle no hay hoteles equipados para organizar conferencias o reuniones empresariales. Podríais pensar en ello.

–¿Tú crees que atraería más clientes?

–En un mercado sin tocar, así que creo que merecería la pena.

–Se lo comentaré a Phillip y Ethan.

Por fin había dicho algo que no despertaba una mueca o un gesto de desaprobación, pensó. Aunque quizá había llegado el momento de mover las cosas un poco.

–¿Qué vamos a hacer ahora? ¿Un paseo por la costa?

–Eso tendrá que esperar. Phillip me ha dicho que quería verte esta tarde.

Aunque Alex estaba deseando charlar con su viejo amigo, no podía negar que se sentía un poco decepcionado. Estaba haciendo progresos con Sophie, rompiendo sus defensas. Ya no se mostraba tan tensa, tan desconfiada. A ese paso, en unos días la tendría exactamente donde la quería.

Pero no había prisa, se recordó a sí mismo. Tenía dos semanas. Tiempo suficiente para conseguir lo que quería. Y aquellas vacaciones eran exactamente lo que necesitaba. No recordaba la última vez que se había sentido tan relajado, una mañana que no despertase casi temiendo el día que le esperaba.

–Gracias por molestarte en enseñarme el hotel.

–Es lo que hago –Sophie se encogió de hombros.

–Y lo haces muy bien, alteza.

Ella arrugó el ceño.

–¿He dicho algo malo?

–No, nada.

–Tiene que ser algo –dijo Alex, haciéndose el tonto–. ¿Por qué me miras así?

–¿Por qué insistes en llamarme alteza?

–Es tu título ¿no?

–Sí, pero...

–Tienes que aprender a aceptar cumplidos, alteza.

–Pues a lo mejor deberías decirlos de forma que no sonaran tan...

–¿Tan qué?

–Tan sugerentes.

Alex soltó una carcajada.

–¿Decirte que haces bien tu trabajo? ¿Eso te ha parecido sugerente?

Sophie parecía a punto de explotar, pero sabía que no le daría esa satisfacción. Lo que ella no sabía era que le daba más satisfacción verla esforzándose tanto por recuperar la compostura.

–Muy bien, quizá era un poco sugerente, pero es muy divertido tomarte el pelo. Supongo que no te ocurre a menudo.

–No, no me ocurre a menudo.

–Pues tendrás que acostumbrarte –sonrió Alex.

–Parece que no tengo elección.

–No deberías tomarte la vida tan en serio, Sophie.

–¿No debería tomarme la vida tan en serio? –repitió ella, irritada–. ¿Y por qué crees que debes decirme lo que tengo o no tengo que hacer? No me conoces, ha pasado demasiado tiempo desde que estuvimos juntos.

Quizá no la conocía, pero sabía que era caprichosa y arrogante. Pero, aunque estaba acostumbrada a salirse con la suya, no sabía contra quién estaba luchando.

Y él lo estaba pasando demasiado bien como para cambiar de táctica.

Eran sólo las tres de la tarde, pero cuando Sophie volvió a su residencia le pareció que aquél había sido uno de los días más largos de su vida.

No culpaba a Alex por estar enfadado con ella por lo que ocurrió en el pasado, pero estaba enviándole unos mensajes tan contradictorios que empezaba a ponerse nerviosa.

El coche la dejó en la puerta y Wilson salió a recibirla.

–El príncipe Ethan llamó mientras estaba fuera, alteza. Y pidió que lo llamase en cuanto volviera. Es urgente.

Sophie suspiró. Lo último que necesitaba en aquel momento eran más problemas, pero Ethan no solía exagerar. Si él decía que era importante, debía serlo.

–Gracias, Wilson. Lo llamaré ahora mismo.

Usando el teléfono del estudio, marco el número de su hermanastro y Ethan contestó casi inmediatamente.

–¿Puedo ir a tu casa para hablar un momento contigo?

Lo primero que Sophie pensó fue que Lizzy se había puesto peor.

–Sí, claro. ¿Qué ocurre?

–Te lo contaré en cuanto llegue. Estoy en el palacio, así que tardaré cinco minutos.

Apenas había tenido tiempo de lavarse las manos cuando oyó el rugido del Porsche en la puerta y luego el sonido del timbre que anunciaba su llegada.

Y, en lugar de esperar que lo hiciese Wilson, abrió ella misma.

–Qué rápido.

Ethan le dio un beso en la mejilla antes de entrar. En las manos llevaba un sobre grande.

–Me vendría bien una copa.

Aunque su hermanastro era una de las personas más tranquilas que conocía, parecía visiblemente agitado.

–Vamos al estudio.

Él observó en silencio mientras Sophie le servía dos dedos de su mejor whisky.

–¿Qué tienes que contarme que es tan urgente?

–¿El nombre Richard Thornsby te suena de algo?

–Si te refieres al Richard Thornsby que fue Primer Ministro cuando aún vivía nuestro padre sí, claro que me suena.

¿Pero cómo lo sabía Ethan? Thornsby había muerto muchos años antes.

–Según tengo entendido, nuestro padre y él no tenían mucho en común.

–Eso es decir poco. Eran enemigos mortales.

–¿Y alguna vez te contó por qué?

–Yo no me atreví a preguntar. Pero no podíamos mencionar su nombre en casa. Incluso después de su muerte. Yo pensé que era porque tenían diferencias de opinión.

–He leído que nuestro padre lo echó de su puesto, lo cual arruinó su vida política para siempre.

–Nuestro padre era un hombre despiadado, Ethan. No toleraba a nadie que no estuviera de acuerdo con él –dijo Sophie, intrigada–. ¿Por qué estás tan interesado de repente?

–Thornsby y su mujer murieron unos años después de que él dejara su puesto como Primer Ministro.

–Sí, en un accidente de coche.

–Pero hubo un superviviente.

–Eso es, su hija de diez años. Creo que se llamaba Melissa.

–Melissa Angelica Thornsby. Cuando sus padres murieron la enviaron a vivir con unos parientes en Estados Unidos.

–No lo sé, Ethan. Ya te he dicho que en casa no se hablaba de esa familia. Nunca, jamás.

–Yo creo saber por qué. Y no tiene nada que ver con diferencias políticas.

–No te entiendo.

–Creo que sus diferencias eran de naturaleza más… personal.

–Ethan, ¿te importaría decirme a qué te refieres?

–Que nuestro padre era un mujeriego no es un secreto para nadie y no sería tan extraño que hubiera tenido más hijos aparte de nosotros.

–¿Cómo?

–Hijos ilegítimos, como yo. Ayer estuve en el ático buscando entre las cosas de nuestro padre… y he encontrado esto.

Por fin, Ethan le entregó el sobre y Sophie vació el contenido sobre una mesa: eran artículos de revistas y periódicos. Y no tardó mucho en averiguar de qué hablaban: todos eran sobre la hija de Thornsby, Melissa.

–No lo entiendo.

–¿Por qué guardaría nuestro padre un montón de viejos artículos sobre la hija de su rival?

No podía significar lo que ella temía…

–No, no puede ser.

Ethan tomó uno de los artículos.

–Mira esta fotografía: el pelo oscuro, la forma de la cara, los ojos…

Sophie no podía negar que había cierto parecido.

–¿De verdad crees que es nuestra hermana?

–Creo que existe la posibilidad.

Si su padre había tenido una aventura con la esposa del Primer Ministro, eso explicaría su enemistad. Y, dada la reputación de su padre, no sólo era posible sino probable.

–¿Y si fuera así?

–Si lo es, podríamos tener un serio problema.

–Sí, bueno, a la familia no le vendría bien otro escándalo.

–Es peor que eso.

–¿Qué quieres decir?

–Melissa nació el mismo año que Phillip, un mes antes que él. Y como tú sabes igual que yo, es el primer hijo del monarca quien hereda el trono.

A Sophie se le encogió el corazón.

–Si es nuestra hermana... ella sería la reina, no Phillip.

–Eso parece.

No quería ni imaginar lo que eso le haría a Phillip... o lo que significaría para el país.

–¿Phillip lo sabe?

Ethan negó con la cabeza.

–Quería hablar contigo antes de nada.

Su primer instinto era quemar las fotografías y los artículos del periódico, pero ¿y si Melissa Thornsby era su hermana? Si le hubiera cerrado la puerta a Ethan al descubrir que era hijo ilegítimo de su padre habría perdido una de las relaciones personales más estrechas de su vida. ¿Cómo podían negarle la entrada a Melissa si era miembro de la familia?

Pero había tanto en juego...

–¿Crees que debemos contárselo a Phillip?

–Creo que, por el momento, deberíamos mantenerlo en secreto –contestó Sophie–. Hasta que no tengamos pruebas fehacientes no hay razón para disgustarlo.

–Me gustaría hablar con Charles para pedirle que averigüe todo lo que pueda sobre ella.

–Buena idea, podemos confiar en su discreción. Y también deberíamos pedirle que averigüe lo que se puede hacer si ella fuese la heredera y decidiera ocupar el trono.

–Si Phillip descubre que hemos estado haciendo todo eso a sus espaldas se pondrá furioso.

–Cuando llegue el momento, yo lidiaré con él. Tú encárgate de lo demás.

–Éste podría ser un problema gravísimo, Sophie. Especialmente si Melissa tiene algún resentimiento contra la familia.

Lo cual era enteramente posible.

–Nos preocuparemos de eso si ocurre. Pero, aunque fuese la heredera legítima, podría no tener interés en ocupar el puesto que le corresponde.

Quería creer eso, pero últimamente nada era tan sencillo.

Pretextando un supuesto dolor de cabeza que, después de su conversación con Ethan había dejado de ser un pretexto, Sophie evitó cenar esa noche con el invitado de su hermano.

Desgraciadamente, no tuvo más remedio que pasar el día siguiente con Alex. Lo llevó al Museo de Ciencia Natural y al Centro de Investigación Científica y, aunque normalmente aquélla era su parte favorita de la visita, tenía tantas cosas en la cabeza que estaba distraída.

Pero Alex se tomaba su tiempo para verlo todo… en fin, había visto caracoles en el jardín moverse a más velocidad.

¿Y por qué tenía que estar tan cerca todo el tiempo? Siempre parecía estar rozando su mano, su brazo. ¿No entendía el concepto del espacio personal?

Pero si era tan horrible, ¿por qué sentía un escalofrío cada vez que la tocaba?

Y olía tan bien…

El familiar aroma de Alex, una mezcla de colonia, champú y su olor personal, era arrebatador. Cada vez que estaba cerca tenía que luchar contra el deseo de enterrar la cara en su cuello. ¿Cómo podía querer apartarse y, a la vez, estar tan obsesionada con él como una adolescente?

Alex llevaba todo el día intentando hacerla perder su supuesta calma y estaba funcionando porque cuando llegaron a la puerta de palacio estaba tan agitada que había empezado a sufrir un tic en el ojo izquierdo. Por eso le pidió al conductor que la dejase en su residencia antes de llevarlo a palacio. Estaba tan desesperada por alejarse de Alex que tuvo que hacer un esfuerzo para no tirarse del coche antes de que frenase del todo.

–Bueno, ha sido un día muy agradable. Nos vemos el jueves.

Casi estaba fuera, con un pie sobre la hierba, cuando él le preguntó:

–¿No vas a invitarme a tomar una copa?

Sophie cerró los ojos. «No dejes que te vea nerviosa».

Lo más turbador de la pregunta era que, en realidad, quería invitarlo a entrar y eso era precisamente lo que no debía hacer.

–Hoy no me viene bien.

–Ah, ya lo entiendo –sonrió Alex.

Todas las fibras de su ser le gritaban que estaba tendiéndole una trampa. Y aun así, preguntó:

–¿Qué es lo que entiendes?

–He visto cómo reaccionas cuando estás conmigo. Cómo me miras, cómo tiemblas cuando te toco…

¿Temblar? Había sentido un pequeño escalofrío, nada más. Y no todo el tiempo.

Pero negarlo sería darle exactamente lo que quería: una discusión.

–¿Y qué quieres decir con eso?

–Que me deseas y no confías en ti misma estando a solas conmigo.

Era muy listo. Daría igual lo que hiciera ahora: invitarlo a entrar o decirle que no… en cualquier caso estaría dándole lo que quería. Y lo creyese de verdad o estuviera riéndose de ella, sospechaba que tenía razón. Seguía sintiéndose atraída por Alex. Si la besaba de nuevo, contra su voluntad o no, esta vez no podría detenerlo.

De modo que se quedó donde estaba, con un pie dentro del coche y el otro fuera, sin saber qué hacer.

–¿Y bien?

–No hay manera de ganar, ¿eh?

–Pareces creer que tengo motivos ocultos. ¿Se te ha ocurrido pensar que a lo mejor sólo quiero estar a solas contigo un momento para conocerte mejor? ¿O para que tú me conozcas a mí? No soy una mala persona, en serio.

Sophie no podía decidir qué era peor: un hombre con motivos ocultos sería fácil de manejar porque resultaría predecible. Era con los sinceros con los que tenía problemas.

Probablemente porque eran una anomalía.

–Hemos pasado dos días juntos –le recordó–. ¿Cuánto tiempo más necesitas?

–A lo mejor quiero estar unos minutos contigo sin que un guardaespaldas esté pendiente de nuestras palabras.

Ahí estaba el problema. Ella necesitaba que el guardaespaldas estuviera a su lado. Y no sólo para protegerla de Alex. Eso sería demasiado simple.

Necesitaba que alguien la protegiera de sí misma.

# *Capítulo Seis*

Por primera vez desde que había llegado, Alex vio un breve pero evidente brillo de vulnerabilidad en los ojos de Sophie. Y casi se sintió culpable por manipularla.

Casi.

No había llegado tan lejos en la vida siendo blando. Desgraciadamente, tampoco lo había hecho ella. Por eso pensó que un par de copas harían que se relajase un poco.

Pero tenía la impresión de que estaba a punto de ir demasiado lejos, así que intentó una nueva estrategia: la compasión. Cuando todo lo demás fallaba, las mujeres no podían resistirse ante un hombre que se mostraba vulnerable.

–Phillip está fuera y la verdad es que no me apetece pasar solo el resto de la tarde.

Enseguida vio que la flecha había dado en la diana. La expresión de Sophie se suavizó perceptiblemente.

Y cuando la oyó suspirar, supo que la tenía.

–Yo había pensado ir a dar un paseo por el jardín. Podrías ir conmigo, supongo. Pero después tengo cosas que hacer.

Debería haber imaginado que sugeriría algo intermedio. De esa forma estaba aceptando la sugerencia... sin darle a él el control.

Era lista, desde luego. Pero él era mucho más taimado.

–Trato hecho, alteza.

Cuando salió del coche, Alex lo hizo tras ella. El sol estaba alto en el cielo, sus rayos tan intensos como por la mañana. Era un día para estar a la sombra más que para dar un paseo, pero Alex no estaba en posición de discutir.

El guardaespaldas miró de uno a otro antes de preguntar:

–¿Va a necesitarme, alteza?

¿Qué pensaba que Alex iba a hacer, secuestrarla? ¿Sacarla del palacio a rastras?

–No, ya puedes marcharte.

Alex la siguió hasta la puerta, hipnotizado por la gracia de su paso, el movimiento de sus caderas. Llevaba un vestido que se ajustaba a su figura en los sitios adecuados y el deseo que eso provocó era tan innegable como intenso.

El mayordomo abrió la puerta.

–Alteza –dijo Wilson, inclinando ligeramente la cabeza.

Alex podría jurar que el hombre lo miraba con gesto de desaprobación. Evidentemente, el servicio era muy protector con la princesa y tenía la impresión de que su preocupación era tan profesional como personal. Lo cual hizo que se preguntase... si

Sophie seguía siendo tan caprichosa y manipuladora como solía serlo diez años antes, ¿por qué la trataban con tanto cariño?

O quizá se reservaba ese comportamiento para sus amantes.

–Wilson, ¿te importa acompañar a mi invitado al estudio y servirle una copa?

–Claro que no.

–Yo tengo que cambiarme. Bajaré en cinco minutos.

–Tómate tu tiempo –dijo Alex, viéndola subir la escalera casi flotando, tan ligera como una pluma. Era tan sexy, pensó. Estaba deseando tocarla otra vez, ver cuánto había cambiado en esos diez años.

–Señor Rutledge –dijo el mayordomo, con una clara nota de desaprobación en su tono–. Si no le importa acompañarme al estudio...

–Por supuesto.

–¿Qué quiere tomar?

–Agua mineral, por favor.

Wilson se acercó al bar mientras Alex se ponía cómodo en el sofá.

–¿Lleva mucho tiempo trabajando para la princesa?

–Llevo cuarenta años con la familia real, señor Rutledge.

–Eso es mucho tiempo.

–Sí, señor.

–Y usted cuida de Sophie.

–Sí, señor. Y no es una tarea que uno deba tomarse a la ligera.

Alex tenía la sensación de estar siendo juzgado no por un mayordomo sino por un padre estudiando a un posible yerno.

Y como él estaba acostumbrado a enfrentarse de cara con sus adversarios le espetó con toda sinceridad:

–No confía en mí, ¿verdad?

Wilson se acercó con el vaso de agua.

–He descubierto, señor Rutledge, que cuando alguien tiene algo que esconder a menudo se muestra paranoico.

Oh, vaya, un golpe directo. Si fuera un hombre más débil podría haber dado marcha atrás. Pero no lo era. Aunque algunos lo considerasen temerario, Jonah en particular, él nunca se amilanaba frente a un reto. Incluso cuando las probabilidades no estaban a su favor.

–¿Y qué cree usted que estoy escondiendo?

–No sabría decirlo, pero es evidente que tiene usted algo entre manos.

–¿Y siente usted la necesidad de proteger a la princesa de mí?

Wilson sonrió, con un brillo de burla en los ojos.

–No, señor. Su alteza no necesita que la protejan ni de usted ni de nadie. Y si usted cree que es así, ésa será su perdición.

Eso ya lo verían, ¿no?

Antes de que pudiera replicar, Sophie apareció en el estudio. Se había puesto unos pantalones cortos, camiseta y zapatillas de deporte y llevaba el pelo sujeto en una coleta.

Y aun así seguía pareciendo una princesa.

–¿Vas al gimnasio? –preguntó Alex.

–No, a dar un paseo. Suelo caminar rápidamente a esta hora de la tarde.

–Yo tenía pensado un paseo más… convencional.

–Pues no vengas conmigo.

Había más de treinta grados fuera y, vestido como iba, se arriesgaba a sufrir una lipotimia. Por no hablar de que iba a estropear sus carísimos mocasines de ante. Pero no podía echarse atrás ahora y no se molestó en pedirle que lo esperase mientras se cambiaba de ropa porque sabía cuál sería la respuesta.

Wilson se aclaró la garganta.

–Si no necesita nada más, alteza, voy a comprobar cómo va la cena.

–Gracias –dijo ella.

El mayordomo estaba sonriendo amablemente, pero cuando miró a Alex sus ojos decían claramente: «ya se lo advertí».

Sophie se colocó detrás del bar y tomó dos botellas de agua de la nevera.

–Me parece que una no será suficiente –murmuró, mirando a Alex de arriba abajo antes de sacar otra botella.

Y seguramente tenía razón.

–¿Estás listo?

Alex sabía que debía estarlo. Y Wilson tenía razón: la había subestimado.

Pero ése era un error que no pensaba volver a cometer.

***

A pesar del calor y del inapropiado atuendo, Sophie debía admitir que Alex lograba seguirle el paso. Aunque también él tenía calor y estaba sudando. Ya se había tomado una botella de agua y estaba empezando la segunda.

Pues bien, eso le pasaba por hacerse el listo. Como había oído que le advertía Wilson: no debería haberla subestimado. Era listo, pero también ella tenía un par de trucos en la manga.

De modo que iba caminando a pleno sol, aunque en un día normal hubiera tomado algún camino bajo los árboles para aprovechar la sombra.

Pero alguien ahí arriba debía estar cuidándolo porque una nube oscureció el cielo poco después, ocultando el ardiente sol.

–Parece que va a llover –comentó Alex, mirando el cielo. Luego volvió a mirar hacia la residencia, a casi un kilómetro de donde estaban–. Quizá deberíamos volver.

–¿Por qué? ¿Temes derretirte?

–Ya me estoy derritiendo –contestó él–. Pero no quiero estar aquí cuando empiece la tormenta.

–Normalmente no llueve en esta época del año. Seguramente las nubes se alejarán enseguida.

Aunque las nubes tenían un aspecto más bien amenazador, debía admitir.

–Pues a mí me parece que va a llover.

–Por favor, no seas tan flojo –suspiró Sophie.

–No sé a ti, pero a mí no me apetece que me caiga un rayo.

–Aunque lloviera, sería un chaparrón rápido. Estamos a salvo, no te preocupes –insistió ella.

Pero, por si acaso, alteró la dirección para dirigirse a su residencia.

Apenas habían dado diez pasos cuando una enorme gota de agua fría cayó sobre su cara. Y luego otra en su antebrazo.

–¿Lo ves? –dijo Alex–. Está lloviendo.

–Un poco de lluvia no mata a nadie. De hecho, a ti te vendría bien… para refrescarte un poco.

Él abrió la boca para replicar justo cuando un relámpago iluminó el cielo y un ensordecedor trueno retumbó sobre sus cabezas.

Los dos se agacharon, por instinto. Y un segundo después empezó a llover. Enormes gotas que los dejaron calados en cuestión de segundos.

–¡Corre hacia los árboles! –gritó Sophie.

Probablemente no era el mejor sitio para resguardarse durante una tormenta, pero si no encontraban refugio pronto se arriesgaban a acabar empapados.

En treinta segundos llegaron al circunstancial refugio de los árboles.

–Creo que estoy oficialmente refrescado –bromeó Alex, echándose el pelo hacia atrás. Estaba mojado, gotas de lluvia resbalando por su cara, la ropa pegada a su cuerpo como una segunda piel…

Y qué piel. Los músculos de su torso y sus bíceps

quedaban casi al descubierto bajo la camisa. Era más grande que cuando estaba en la universidad. Y más perfecto, si eso era posible.

De repente, Sophie ya no sentía el frío de la lluvia. De pronto, sentía un calor dentro de ella que no tenía nada que ver con el tiempo y sí con el hombre que estaba a su lado.

«Contrólate».

–Así que no iba a llover –bromeó Alex.

–Sí, bueno... –Sophie se escurrió el agua de la coleta–. Has sido tú quien ha insistido en venir conmigo.

–Pero no puedo dejar de pensar que lo has hecho a propósito.

–¿Crees que puedo controlar el tiempo? Soy buena, Alex, pero no tanto.

Sólo después de haber dicho esas palabras, cuando Alex clavó sus ojos en ella, profundos, penetrantes y llenos de deseo, se dio cuenta de cómo sonaba esa frase. Pero era demasiado tarde para retirarla. Y ni siquiera estaba segura de querer hacerlo.

–No es así como yo lo recuerdo –dijo él, con voz ronca, bajando la mirada.

Y Sophie supo sin la menor duda que sus pezones se marcaban claramente bajo la camiseta. Pero no pudo dejar de notar que también él parecía tener frío. Por arriba, al menos. Por abajo podría jurar que... aquella cosa se notaba más bajo el pantalón.

Cuando levantó los ojos Sophie tuvo que controlar un escalofrío. Y cuando dio un paso adelante, todas las células de su cuerpo se pusieron en alerta roja.

Una gota de lluvia rodó por su mejilla y Alex la apartó con un dedo. Era como si hubiera pasado ese dedo entre sus muslos porque fue allí donde lo sintió.

No tenía duda de que el resultado de aquello sería un beso. Era inevitable. Y lo único peor que besarlo sería dejar que él diera el primer paso, dejar que llevase el control.

De modo que no se lo permitió. Agarrándolo por la camisa, tiró de él y buscó sus labios sin esperar más.

Si Alex se había quedado sorprendido no tardó mucho en recuperarse porque enredó los dedos en su pelo para apretarla contra él. Sophie abrió los labios, invitándolo, y cuando sintió el roce de su lengua se le doblaron las rodillas.

Se devoraron el uno al otro, pero no era suficiente. Lo quería más cerca aún. Era como si hubiera estado marchitándose durante los últimos diez años y lo único que pudiera devolverle la vida fuera tocarlo. Y esa necesidad pareció anular lo que le quedaba de pensamiento racional.

Sin pensar, abrió su camisa de un tirón porque necesitaba tocar su piel desnuda, pasar las manos por su torso. Notó que saltaban algunos botones y oyó que se rasgaba la tela, pero le daba igual. Tenía la piel caliente, húmeda… y podía sentir los latidos de su corazón bajo la palma de la mano.

Alex la apoyó sobre el tronco del árbol más cercano, aplastándola con su cuerpo contra la dura corteza. Sophie dejó escapar un gemido de placer. Por primera vez en muchos años se sentía viva y eso la asustaba. Era como la primera vez. Apasionados hasta el punto de parecer desesperados, con un anhelo profundo de conectar...

Estaba empezando a excitarse como nunca cuando Alex se apartó, jadeando.

–Escucha...

¿Se acercaba alguien? Sophie aguzó el oído, pero sólo percibía los sonidos de la naturaleza.

–¿Qué?

–Ha dejado de llover.

Había dejado de llover. ¿Y qué?

–Deberíamos volver.

¿Volver? ¿Lo decía en serio?

Sophie estaba demasiado atónita como para decir nada. Evidentemente, Alex deseaba aquello tanto como lo deseaba ella; lo había estado buscando desde el primer día. ¿Por qué cambiaba de opinión de repente?

Entonces entendió lo que estaba pasando. Aquello sólo era un juego para él, lo había planeado desde el principio. Debería haberlo imaginado. Alex obtenía una perversa satisfacción al verla excitada para dejarla luego con la miel en los labios...

Debería avergonzarse de haber caído en tan estúpida trampa.

Pero no volvería a pasar, de eso estaba absolutamente segura.

# *Capítulo Siete*

En un parpadeo, la expresión aturdida de Sophie se convirtió en una de rabia apenas contenida. Y lo único que Alex pudo hacer fue seguirla mientras volvía a su residencia a paso de marcha.

La había tenido donde la quería, pero cuando llegó el momento de lanzarse al ataque no pudo hacerlo. No debía haber ocurrido así. Ella no debía ser quien diera el primer paso. Y él no debería sentir... aquello. Una emoción tan extraña que era incapaz de identificarla. Algo más que deseo, más que atracción física. Y mucho más que su mezquina venganza. Mientras la besaba se sentía... feliz.

Completo, como si no le faltara nada.

Pero eso no eran más que tonterías sentimentales. Lo había pillado desprevenido, nada más.

Pero Sophie caminaba tan rápido que prácticamente iba corriendo.

–¿Quieres ir un poco más despacio? –le rogó, hundiendo los mocasines en la empapada hierba del jardín. Ella siguió caminando a toda prisa, sin molestarse en contestar–. Ve más despacio, Sophie.

–¿Por qué? Estoy haciendo precisamente lo que tú has sugerido: volver a casa.

–Qué cabezota eres.

Sophie se detuvo entonces tan abruptamente que Alex estuvo a punto de chocar con ella.

–Soy cabezota ¿y qué? –le espetó.

Alex dio un paso atrás, temiendo que le diera una bofetada si se acercaba demasiado.

–Sólo quiero hablar contigo.

–¿Para qué? Ya has ganado.

–¿Qué he ganado?

–Ese tonto juego al que estabas jugando conmigo.

Tenía razón, era un juego. Y debería disfrutar viéndola derrotada. En lugar de eso, se sentía como un canalla.

Aparentemente, el que había perdido era él.

Sólo necesitaba una oportunidad para tranquilizarse, se dijo, para volver al plan que había trazado. Para quitarse de encima ese absurdo sentimiento de culpa.

Y para evitar que Sophie dejase de dirigirle la palabra.

–¿Te sientes mejor ahora que te has vengado? –siguió ella.

–¿Qué estás diciendo? Te beso y amenazas con llamar a los guardias, luego me besas tú y te enfadas cuando yo piso el freno. ¿Y me acusas a mí de estar jugando?

–Sí, claro, tienes toda la razón –replicó ella, irónica–. Caso cerrado, no hay más que hablar.

Alex abrió la boca para protestar, pero Sophie levantó una mano.

–Me voy a casa. No me sigas.

Aunque sintió la tentación de hacerlo, el instinto le decía que lo mejor sería dejarla en paz por el momento. De modo que cambió de dirección y se dirigió al palacio.

Sophie entró en el despacho de Phillip como una tromba, dejando a su secretaria boquiabierta. Su hermano estaba detrás de su escritorio... aunque Alex le había dicho que no estaba en palacio.

Otra mentira. Qué sorpresa.

Phillip la miró de arriba abajo, atónito.

–¿Se puede saber qué te ha pasado? Estás empapada.

Sophie tomó la agenda de la visita de Alex y la tiró sobre la mesa.

–Busca a otro que haga de niñera para tu amigo. Yo no pienso hacerlo.

Phillip se cruzó tranquilamente de brazos, casi divertido.

–Podría jurar que ya habíamos tenido esta discusión.

–Bueno, pues la estamos teniendo otra vez.

Él se echó hacia atrás en la silla y la observó durante unos segundos, en silencio. Luego sacudió la cabeza.

–No, harás lo que habíamos planeado hacer.

–No voy a hacerlo.

–¿Estás segura?

Sophie se puso en jarras.

–¿No parezco segura de lo que digo?

–Muy bien –Phillip suspiró–. A partir de este momento, estás fuera del negocio familiar. Sólo tendrás que encargarte de las obligaciones oficiales.

–Lo dirás de broma.

–¿Te parece que estoy de broma?

Sophie estaba tan furiosa, tan frustrada, que le daban ganas de dar una patada en el suelo.

–¿Es que no te das cuenta de que no quiero hacerlo? ¿Estás intentando torturarme?

–Lo que intento es enseñarte que esto es un negocio y uno no puede elegir por capricho lo que quiere o no quiere hacer. Porque lo que eso me dice es que no se puede contar contigo.

–Esto es diferente.

–¿Por qué es diferente? Dame una buena razón.

Sophie no podía contarle la verdad. Y lo único que se le ocurrió fue:

–Me hace sentir… incómoda.

Phillip levantó una ceja.

–¿Se ha comportado de manera inapropiada?

Alex la había besado el primer día sin su permiso, eso era cierto. Pero debía ser justa; había sido ella quien dio el primer paso en el jardín, de modo que estaban en tablas en cuanto al comportamiento inapropiado.

–No exactamente.

–Si lo ha hecho, amigo mío o no, lo despediré inmediatamente y lo enviaré de vuelta a Estados Unidos en el primer avión.

Sophie estaba furiosa con Alex, pero no quería que su hermano se enfadase con él.

–No, no ha hecho nada inapropiado. Es que... no me cae bien.

–¿Por qué, no te hace la pelota como todo el mundo?

–¡Phillip!

–Ya me lo imaginaba –sonrió su hermano–. ¿Tú crees que a mí me gusta toda la gente con la que tengo que relacionarme? Esto es un trabajo, acostúmbrate.

Sophie lo entendía perfectamente. ¿Había olvidado Phillip los innumerables invitados a los que había atendido durante esos años? Invitados a veces amables, a veces fríos... incluso antipáticos. Y nunca se había quejado. Al menos, no se había quejado mucho. Siempre hacía lo que se esperaba de ella, de modo que por una vez podía darle la razón.

Claro que entonces no sería Phillip.

–Muy bien –suspiró por fin, pasándose una mano por el pelo–. Tendré que aguantarme.

–Y deberías cambiar de imagen, ésa no te sienta bien –bromeó su hermano.

Hacía eso a menudo desde que Hannah entró en su vida. Antes era una persona mucho más sombría. Y Sophie se alegraba de que fuera feliz, pero le gustaría que no le hiciera la vida imposible.

–¿Qué pasa, no te gusta mi imagen?

–¿Te ha pillado la lluvia mientras estabas de paseo?

–¿Cómo lo has adivinado?

–Volvía de una reunión hace diez minutos y me he encontrado con Alex en el jardín… más o menos en el mismo estado que tú.

De modo que Phillip sí estaba fuera del despacho... al menos Alex no había mentido sobre eso. Pero se preguntó si se habría percatado de que a la camisa de su invitado le faltaban algunos botones.

–Supongo que también a él le pilló el chaparrón.

–Tú sabrás ya que, según Alex, estabais juntos.

Sophie no podía dejar de preguntarse qué más cosas le habría contado, pero decidió no decir nada.

–Entonces, ¿estamos de acuerdo?

–Estamos de acuerdo.

–¿No vas a venir mañana otra vez con las mismas demandas?

–No volveré a decir nada –suspiró Sophie. Al menos al día siguiente no tendría que verlo. Un día entero para recuperarse.

–Muy bien.

–Voy a cambiarme de ropa.

–Sí, por favor.

–Te veo después.

Estaba casi en la puerta cuando su hermano la llamó.

–Por cierto, casi se me olvida, he tenido que cancelar el partido de golf de mañana por un asunto urgente, así que Alex tiene todo el día libre. Con un poco de suerte, podré jugar unos hoyos a última hora de la tarde.

De modo que no tenía un día libre. Sophie levantó los ojos al cielo.

–¿Algún problema?

–No, ningún problema –contestó ella, haciendo un esfuerzo para sonreír.

–Estupendo. Se lo he dicho a Alex y él me ha propuesto que os encontréis en el vestíbulo mañana a la hora de siempre.

–No lo tenía previsto, pero seguro que se me ocurre algo interesante que hacer.

–Alex me ha dicho que le gustaría descansar, así que me he tomado la libertad de sugerir que fuerais a navegar por la mañana. Y le ha parecido muy buena idea.

Varias horas juntos en un yate. Genial, justo lo que deseaba.

–Llamaré al puerto para que lo tengan todo preparado.

–Ya está hecho.

–¿Ah, sí? Muy bien.

–Mañana llevaré a Alex a cenar al club de campo. ¿Te importaría cuidar de Frederick hasta las once?

–No, claro que no –contestó Sophie. Eso, al menos, no sería difícil porque adoraba a su sobrino.

–Hannah te llamará para decirte a qué hora nos vamos.

–¿Alguna cosa más?

–No, creo que eso es todo

–¿Sabes una cosa, Phillip? Estoy orgullosa de ti.

–¿Perdona?

–He dicho que estoy orgullosa de ti.

Su hermano la miró con expresión suspicaz.

–¿Qué quieres?

Sophie sonrió.

–Nada en absoluto.

Pero Phillip seguía mirándola con expresión escéptica, como si no pudiera creerla.

–¿Estás orgullosa de mí?

–Sí, en serio. Sólo quería que lo supieras.

–Bueno, pues gracias.

Sophie se dio la vuelta, pero él la llamó antes de que llegase a la puerta.

–Tú sabes que las cosas que hago y las cosas que te digo... es sólo porque me importas.

–Lo sé.

–Que lo pases bien mañana –Phillip se volvió hacia la pantalla de su ordenador y empezó a teclear, una menos que sutil forma de despedirla.

Pero antes de cerrar la puerta del estudio Sophie comprobó que había una sonrisa burlona en los labios de su hermano y no pudo dejar de pensar que Phillip sabía más de lo que decía saber.

Mientras volvía a su residencia, Sophie iba planeando cómo iba a lidiar con Alex durante esas dos semanas. No podían seguir como hasta ahora porque de hacerlo acabaría perdiendo la cabeza.

Tenía que haber alguna manera de solucionar la situación, algún compromiso al que pudieran llegar para que ella pudiese mantener el control.

A pesar de saber lo pesado que podía ser Alex, se sorprendió al verlo sentado en lo escalones del porche cuando llegó a su residencia. Y aunque la idea de otra discusión le resultaba agotadora, dejar aquello sin resolver, fermentándose y pudriéndose, no era una opción tampoco. Así que en lugar de entrar sin decir nada, se sentó a su lado.

Alex se había cambiado de ropa y estaba ligeramente inclinado hacia delante, con los codos apoyados en las rodillas. Parecía cansado. Y era tan guapo, tan físicamente perfecto en todos los sentidos que su corazón empezó a palpitar como el de una adolescente.

Durante unos minutos estuvieron en silencio y luego él dijo por fin:

–Creo que te debo una disculpa, pero la verdad es que no sé por qué tendría que disculparme.

Seguramente ésa era la frase más sincera que había pronunciado desde que llegó a Morgan Isle.

Habían pasado sólo dos días juntos y, sin embargo, Sophie sentía como si lo conociera. Aunque no lo conocía en absoluto. Aquello no tenía sentido.

–Si te consuela, a mí me pasa lo mismo.

Alex sonrió.

–Entonces como nos pasa lo mismo, en realidad no pasa nada.

–Si la vida fuera así de sencilla...

–Sí, tienes razón.

Suspirando, Sophie se abrazó las piernas.

–No es culpa mía.

–¿Qué no es culpa tuya?

–Tu matrimonio, que fuera un fracaso.

–¿He dicho yo que lo fuera?

–No, pero es evidente que me culpas a mí. O a lo mejor estás amargado con todas las mujeres y yo soy el objetivo más fácil.

Alex arrugó el ceño.

–Ésa es una posibilidad.

De nuevo, muy sincero. A lo mejor ésa era la clave del problema. Quizá en lugar de ignorar la tensión que había entre ellos, sería más productivo poner las cartas sobre la mesa y solucionar aquello de una vez por todas.

Claro que era más fácil decirlo que hacerlo. Desnudar su alma nunca había sido uno de sus puntos fuertes. La habían educado desde pequeña para esconder sus sentimientos, para no mostrar debilidad en ninguna circunstancia. Y en aquel momento se sentía más vulnerable que nunca en toda su vida.

Pero al menos debía intentarlo.

Respirando profundamente, decidió sincerarse:

–Te quería, Alex, y quería casarme contigo. Pero créeme cuado te digo que te hice un favor. Nuestra relación era demasiado… fuerte, demasiado intensa. Y no estábamos preparados para los sacrificios que hubiéramos tenido que hacer… –Sophie sacudió la cabeza–. Habríamos terminado odiándonos.

Alex se encogió de hombros.

–Supongo que no lo sabremos nunca.

Pero ésa era la cuestión, ella sí lo sabía. Había tenido demasiados ejemplos en casa.

–Siento haberte hecho daño, pero de verdad pensé que no tenía otra opción.

–Hiciste lo que te pareció mejor en ese momento y no puedo culparte por ello, ¿no? Pero me habría gustado tener la oportunidad de tomar la decisión por mí mismo.

Podía culparla si quería, podía estar enfadado con ella de por vida, pero esperaba que no lo hiciera. Le gustaría que olvidaran el pasado, que fueran amigos.

–En cuanto a mi matrimonio –siguió Alex–, yo soy el único culpable. Puede que recibiera presiones por parte de mi familia, pero nadie me puso una pistola en la frente. La verdad es que tomé el camino más fácil. O entonces me lo pareció.

En cierto sentido, ella había hecho lo mismo; terminar con Alex había sido mucho más fácil que intentar que su relación funcionase. Pero seguramente habrían sido felices durante unos años antes de que todo acabara en desastre.

Entonces pensó que rompiendo con él estaba dándole a los dos la oportunidad de encontrar la felicidad con otra persona. ¿Cómo iba a saber que ninguno de los dos la aprovecharía?

–Debería haberte llamado... haberte dado alguna explicación. Pero tenía miedo.

–¿De qué?

–De oír tu voz. Porque estaba segura de que hubiera cambiado de opinión. O de que tú me convencerías.

–Supongo que hiciste lo que tenías que hacer.

–¿Crees que algún día podremos olvidarlo?

Alex la miró, esbozando una sonrisa.

–Creo que existe la posibilidad.

Sophie asintió con la cabeza.

–Claro que tenemos otro problema.

–¿Qué problema?

Ella carraspeó, apretando las piernas.

–La tensión sexual.

Alex se encogió de hombros.

–Yo no tengo un problema con eso.

–Por favor... ¿no tienes un problema con eso?

–Sí, muy bien, de acuerdo. Reconozco que hay cierta tensión.

–Pero tenemos que estar juntos estas dos semanas y, francamente, estaría bien que pudiéramos disfrutar un poco –en cuanto dijo esas palabras se le ocurrió una idea brillante. Más que eso.

–Parece que se te acaba de encender una bombilla.

–Así es. No sé cómo no lo había pensado antes...

–¿Por qué tengo la impresión de que no va a gustarme?

–Al contrario, creo que estarás de acuerdo en que es lo único que podemos hacer.

–Muy bien –dijo Alex, con expresión escéptica–. Cuéntamelo.

–Creo que debería acostarme contigo.

# *Capítulo Ocho*

Alex levantó las cejas, perplejo.

–¿Cómo has dicho?

–Después de tanto tiempo, los dos estamos preguntándonos cómo sería.

–¿Ah, sí?

Sophie lo miró, incrédula.

–Por favor…

–Muy bien, muy bien, de acuerdo. Tienes razón.

–Pues a lo mejor deberíamos enterarnos.

–¿Y crees que si hiciéramos el amor…?

–Si nos acostáramos juntos, Alex –lo interrumpió ella–. El amor no tiene nada que ver. Esto es sólo una cuestión de… química.

–Ah, perdona. ¿Crees que si nos acostáramos juntos ya no estaríamos tensos el uno con el otro?

–Exactamente –dijo ella. De hecho, cuanto más lo pensaba más lógica le parecía la idea.

–¿Y si no es así?

–¿Por qué no va a ser así? Esta tensión es sólo…

–¿Química?

–Curiosidad sexual.

–Entonces, ¿si lo hubiéramos hecho antes, en el jardín, no estaríamos teniendo esta conversación?

–Alex se cruzó de brazos para estudiarla con el ceño fruncido–. No sé, no estoy convencido.

–¿De qué no estás convencido?

Era lo más lógico. ¿Qué hombre sensato dejaría pasar esa oportunidad?

–Es que suena demasiado fácil.

–No, no lo es, es el plan perfecto.

–Dices eso ahora, pero no puedo dejar de pensar que algo irá mal.

–¿Qué podría ir mal?

–Podrías enamorarte de mí, por ejemplo.

Sophie se mordió los labios para contener una carcajada.

–No quiero ofenderte, pero no creo que debas preocuparte por eso.

–Vaya, no sé si debería sentirme aliviado o insultado.

Ella lo miró, irritada. Se estaba poniendo muy obtuso. ¿Qué hombre no saltaría de alegría ante la oportunidad de una noche de pasión sin compromiso alguno?

Ninguno que ella conociera.

–¿Y si una noche no fuera suficiente? ¿Y si nos acostamos y sigue habiendo la misma tensión? ¿Tendríamos que hacerlo otra vez?

Ella no entendía por qué eso iba a ser un problema si lo veían de manera lógica. Pero si insistía en discutir...

–Digamos que podríamos estar abiertos a esa posibilidad.

–Me parece bien.

–Estupendo. ¿Entonces estás de acuerdo o no? –suspiró Sophie, deseando resolver aquello de una vez por todas.

Alex se quedó pensativo un momento.

–Estoy intentando imaginar los problemas que eso podría ocasionar y la verdad es que no se me ocurre ninguno. Lo mire como lo mire, yo salgo ganando.

–¿Entonces?

Él se encogió de hombros.

–Muy bien, de acuerdo.

–Espléndido –no la sorprendía que se le hubiera quitado un peso de los hombros. Aquélla era una idea estupenda, un buen plan–. No hace falta decirte que debemos ser discretos.

–Por supuesto.

–Especialmente en lo que se refiere a Phillip.

–Estoy de acuerdo –Alex se frotó las manos, levantando cómicamente las cejas–. Bueno, alteza, ¿cuándo empezamos?

Sophie miró su reloj.

–Esta noche tengo una cena benéfica a la que no puedo faltar y no volveré hasta muy tarde, probablemente después de medianoche.

Y para hacer eso de manera apropiada, al menos debería estar despierta.

–¿Mañana entonces?

–Estaremos en un yate lleno de empleados, así que no. Luego tienes que jugar al golf con mi hermano y después quiere que cenéis juntos en el club de campo. Me ha pedido que cuide de Frederick hasta las once.

Alex empezaba a exasperarse.

–¿Qué tal el jueves?

–El jueves tú estarás de caza con mi hermano y no volveréis hasta el viernes por la tarde.

–Y el viernes tenemos una cena de gala y supongo que también terminará tarde.

–Después de medianoche, seguro.

–¿Qué tal el viernes por la tarde, cuando volvamos de cazar?

–Las tardes son complicadas para mí. Hay demasiada gente alrededor... además, tengo que prepararme para el baile benéfico.

–Parece que va a ser una semana muy estresada, alteza.

Tenía razón. Aquélla sería una buena idea si pudieran encontrar tiempo para hacerlo.

–¿Has dicho que mañana tenías que cuidar de Frederick hasta las once?

–Eso es.

Alex sonrió.

–Las once no es muy tare. Y yo no podría considerarme un caballero si no me ofreciera a acompañarte a tu casa después.

Eso podría funcionar.

–Sí, supongo que estaría bien.

–¿Entonces mañana a las once?

–De acuerdo –asintió Sophie.

Podían terminar con aquel asunto y luego, con un

poco de suerte, disfrutar de la compañía del otro durante el resto de su estancia en Morgan Isle. Incluso podrían acabar siendo amigos.

De hecho, cuanto más lo pensaba, más segura estaba de que aquello era exactamente lo que ambos necesitaban.

Sophie se levantó del escalón y él hizo lo mismo.

–Y ahora que hemos aclarado eso, tengo que ir a arreglarme.

–¿Sabes una cosa? Creo que tienes razón, es una buena idea.

Pues claro que lo era. ¿Qué hombre, especialmente uno divorciado y furioso con todo el género femenino no vería el sexo gratuito como un regalo? Además, ella llevaba siglos sin tener relaciones con nadie. Y, al contrario de lo que los hombres solían pensar, las mujeres también tenían necesidades. Aquél sería sin duda un acuerdo beneficioso para los dos.

Pero ya estaba bien de racionalizar, se dijo. Iba a hacer lo que tenía que hacer, sencillamente.

–Mañana iremos a navegar –le dijo–. ¿Nos vemos en el vestíbulo a la hora de siempre?

–Estaré listo.

–Lleva crema solar porque el sol es muy intenso en esta época del año.

–Muy bien.

–Nos vemos mañana entonces.

Iba a darse la vuelta, pero Alex la sujetó del brazo.

–Espera un momento.

Aunque debería haberlo intuido, el beso de nuevo la pilló completamente desprevenida. Pero no un beso desesperado como el de antes, sino un beso tierno, suave... y quizá un poco tentativo; su lengua apenas rozando la comisura de sus labios antes de apartarse.

–¿Qué ha sido eso? –le preguntó con voz ronca. Le temblaban los labios y casi le fallaban las piernas.

Alex se encogió de hombros.

–Considéralo un pase previo de lo que ocurrirá mañana por la noche.

Y luego se dio la vuelta para dirigirse al palacio.

Si aquello era lo que podía esperar, las once del día siguiente no llegarían demasiado pronto.

Sophie pensaba que lo había engañado. Creía que lo tenía controlado, pero todo era parte del juego.

Alex se volvió para verla entrar en su residencia antes de seguir caminando de nuevo. Las nubes habían desaparecido y el sol había vuelto a salir, pero la brisa del mar refrescaba el ambiente. Una tarde perfecta para dar un paseo, pensó. Necesitaba tiempo para aclarar su cabeza, para calmarse.

Sophie era inteligente, eso tenía que reconocerlo. Por un momento casi había llegado a creer su disculpa, a creer que había cambiado. Pero así eran las mujeres, especialmente las mujeres como ella. No hacían ni decían nada sin algún objetivo; cada palabra, cada acto, medidos y ejecutados cuidadosamente para conseguir exactamente lo que querían.

Por eso, cuando sugirió que se acostasen juntos, decidió que había tramado algo. Seguramente lo haría albergar esperanzas para cambiar de opinión de repente. Aunque algo en sus ojos le había dicho que no era así. Lo deseaba, su seducción había sido un éxito.

Y dando el primer paso, siendo ella quien sugería que se acostasen juntos, creía tenerlo controlado.

Pero para cuando quisiera darse cuenta de que no era así, ya sería demasiado tarde.

Sophie, los ojos escondidos tras unas gafas de sol, estaba medio dormida en la cubierta del yate. Mecida por el suave movimiento de las olas, con el sol acariciando su piel, oyendo de vez en cuando el ruido del motor o alguna gaviota sobre su cabeza, se sentía como en el cielo.

A pesar de que estaba exhausta cuando llegó a casa la noche anterior, no había podido pegar ojo. De modo que se quedó mirando al techo, pensando en su noche con Alex.

¿Sería tan excitante como lo fue diez años antes o entonces la juventud había sido parte de la magia? ¿O el elemento de peligro?

En fin, fuera como fuera, se daba cuenta ahora de que acostarse con Alex había sido inevitable. Gracias a su ingenioso plan se quitarían eso de encima y ella podría controlar la situación, que era lo que deseaba.

Hablando de Alex... no lo había visto en mucho rato. En cuanto subieron al yate él había bajado con el capitán para ver la sala de máquinas y, como parecía entretenido, Sophie se instaló cómodamente en una tumbona. Considerando lo bajo que estaba el sol, eso debía haber sido más de dos horas antes, pero estaba demasiado relajada como para abrir los ojos y mucho menos para buscar el reloj en el bolso.

El sol se escondió entonces tras una nube y ella esperó pacientemente a que pasara... pero enseguida sintió dos gotas heladas sobre sus pantorrillas. Medio dormida, arrugó la nariz. Otra gota cayó sobre su muslo izquierdo y un par de ellas más en el derecho.

El informe del tiempo no había predicho lluvia durante el resto de la semana y le parecía muy peculiar que aquella nube hubiera decidido centrarse en ella. Por fin, cuando otra gota cayó sobre su estómago, Sophie abrió los ojos. No era una nube lo que bloqueaba el sol, sino una persona. Una persona muy alta de anchos hombros.

Con el sol detrás, el rostro en sombras, sólo había un hombre a bordo tan grosero como para despertarla de esa manera.

–Despierta de una vez, dormilona –dijo Alex.

–Déjame en paz.
Un par de gotas más cayeron sobre su brazo.
–Mira que eres antipático.
–Estoy aburrido.
Sophie se tapó la cara con un brazo.
–¿Y eso es problema mío?
–Tú eres mi guía, deberías hacer algo para divertirme.
–Te he traído al yate, ¿que más quieres?
Varias gotas de té helado cayeron sobre su estómago hasta que ella se incorporó, indignada.
–¡Estate quieto!
Alex estaba inclinando el vaso, dispuesto a tirarle todo el contenido, por lo visto. No podía ver su cara, pero casi con toda seguridad estaría esbozando una sonrisa diabólica; la misma que tenía aquella mañana cuando, levantando las cejas, le había dicho en voz baja: «tú, yo, las once».
Como si pudiera olvidarlo.
–¿Es mucho pedir un poco de paz y tranquilidad?
–Llevas dormida casi tres horas.
¿Tres horas? ¿De verdad había pasado tanto tiempo? Debía estar más cansada de lo que creía.
–Aunque he disfrutado del paisaje –siguió Alex.
Lo había dicho con un tono cálido, sexy. Y Sophie tenía la impresión de que no se refería a la vista del mar desde la cubierta del yate.
–Muy bien, ya estoy despierta.
Alex dio un paso atrás y cuando pudo verle la cara su corazón hizo una pirueta.

Cuando se encontraron en el vestíbulo, llevaba un polo blanco y un pantalón corto. Ahora sólo llevaba un bañador con estampado hawaiano.

Y nada más.

Sophie no podía despegar los ojos de él. A pesar de que el día anterior lo había visto con la ropa pegada al cuerpo, no había visto su piel. Y su torso era más atractivo de lo que recordaba. Fuerte y suave, con un triángulo de vello oscuro en el centro. Unos abdominales de muerte, bien definidos, sólidos.

Tontamente, se preguntó cuántas horas de gimnasio haría al día para estar así o si esos abdominales serían algo natural.

«Sophie, tranquilízate».

No llevaba camisa, ¿y qué? Sólo era un torso. Nada por lo que perder la cabeza. Además, había visto otros torsos antes. Incluso aquél en particular.

Entonces se dio cuenta de que estaba mirándolo fijamente y, nerviosa, levantó los ojos.

–¿Ocurre algo?

–¿Qué? –Sophie parpadeó inocentemente.

–Te has quedado traspuesta durante un segundo.

–Es que estoy medio dormida.

–¿Quieres que nademos un rato? Así te despertarás.

–No, gracias, no me apetece.

Alex se encogió de hombros y el movimiento hizo que Sophie se fijara en ellos. Se había quemado un poco. No, se había quemado bastante, comprobó después de quitarse las gafas de sol.

–¿No te has puesto crema?

–No.

–¿A qué hora te has quitado la camisa?

–No lo sé, hace un par de horas. ¿Por qué?

Si se quemaba la espalda no podría... hacer su tarea más tarde.

–Te dije ayer que debías ponerte crema para el sol. A ver si lo adivino: no la has traído.

–Se me olvidó.

Sophie dejó escapar un suspiro mientras se sentaba en la tumbona. Ella llevaba un bote de crema en el bolso, pero sólo era protección 8 y no sería suficiente.

–Seguro que hay otras en alguno de los camarotes. Espera aquí, vuelvo enseguida.

Podía sentir los ojos de Alex clavados en su espalda mientras atravesaba la cubierta. No llevaba un bikini demasiado pequeño, aunque tampoco dejaba mucho a la imaginación.

En fin, podía considerarlo... ¿cómo lo había llamado él? Un pase previo de lo que disfrutaría esa noche.

Si Phillip hubiera estado allí seguramente habría insistido en que se pusiera un bañador más pudoroso, pero su hermano no estaba allí. Además, Sophie disfrutaba siendo un poco rebelde para variar.

Encontró lo que estaba buscando en el baño de uno de los camarotes: crema solar con protección 30. Para estar seguros.

Pero al darse la vuelta se sorprendió al ver que la puerta del camarote estaba cerrada. Y Alex delante de ella.

–Bonito dormitorio –comentó. Pero no estaba mirando alrededor.

–¿Qué haces aquí?

–Ayudarte a buscar la crema –contestó Alex, dando un paso hacia ella.

–Ya la he encontrado –Sophie se percató entonces de que no sólo había cerrado la puerta, también había echado la llave–. ¿Es así como crees estar siendo discreto?

–¿Qué esperabas? Ese bikini es... –él la miró de arriba abajo, devorándola con los ojos–. Dime que no te lo has puesto para excitarme.

Ésa era precisamente la razón por la que se lo había puesto. Pero no esperaba que fuese tan efectivo.

–No podemos estar aquí solos...

–Pero aquí estamos –la interrumpió Alex, dando un paso adelante.

A menos que saltara sobre la cama para llegar a la puerta, no tenía manera de escapar. Y ella nunca había sido muy atlética.

–Dijimos que esta noche a las once –le recordó.

–Lo de las once es el plato principal –sonrió él–. Considera esto un aperitivo.

Y un aperitivo delicioso, además. Pero no podía permitirlo. Los empleados siempre estaban vigilándola. Un bikini un poco provocativo era una cosa, un revolcón con un invitado de palacio, otra muy diferente.

–Te agradezco la invitación, pero me temo que tendrá que esperar.

Alex seguía mirándola intensamente, como un animal anticipando el momento de la caza. Pero cuando los largos dedos masculinos rozaron su pierna supo que no tenía sentido luchar. De hecho, no quería seguir luchando. Porque le gustaba demasiado que la tocase.

–¿Sigues queriendo marcharte?

–Tienes cinco minutos.

Alex sujetó sus caderas, sus manos tan calientes que Sophie dio un respingo.

–Esto va a durar más de cinco minutos.

La apretaba contra él, sus pechos aplastados contra el sólido torso masculino, los pezones endurecidos, anhelantes.

Él inclinó la cabeza para besar su cuello y el tarro de crema que tenía se le cayó de las manos.

–¿Sabes una cosa? Eres más guapa que hace diez años.

–Por cierto, tú también –dijo Sophie con voz ronca.

Alex deslizó las manos por su trasero y ella apoyó la cara en su torso, saboreando la sensación de estar piel con piel.

Había pasado tanto tiempo desde que alguien la tocó así, con tanta ternura. Cada segundo que pasaba era una eternidad. Esperó que siguiera, que metiese las manos bajo el bikini...

Pensar que él la tocara así la hacía sentir mareada, como si estuviera a punto de desmayarse.

¿Era así como pretendía mantener el control de la situación? Era evidente que, al menos por el momento, Alex tenía el mando. Y lo peor de todo era que no le importaba.

Le gustaba, aunque era todo lo que le habían enseñado a creer que estaba mal.

Pero su cuerpo era tan duro, tan masculino; su piel suave y caliente. Podía sentir el corazón de Alex latiendo contra la palma de su mano.

–¿Sigues queriendo que pare?

–Quiero que me beses.

Él esbozó una sonrisa.

–Eso puedo hacerlo.

–Y yo también.

Sophie inclinó la cabeza para besarlo en el cuello; su piel olía a sal y a coco...

Un momento. ¿A coco?

Sorprendida, olisqueó su hombro... ¡olía a crema solar!

–¿Te has puesto crema para el sol?

–Es posible –contestó Alex con una sonrisa traviesa.

–¿Por qué me has dicho antes que se te había olvidado?

–Soy un hombre, Sophie. Y tú te habías ofrecido a ponerme crema por todo el cuerpo... aunque nunca imaginé que lograría estar a solas contigo en un dormitorio. Eso ha sido un golpe de suerte.

Ella lo empujó, de broma.

–Eres un canalla.

Alex seguía sonriendo. Era un canalla, pero un canalla encantador.

–No, qué va.

–Tenemos que subir a cubierta antes de que alguien…

Alguien llamó a la puerta entonces y Sophie dio un paso atrás.

–El almuerzo está servido, alteza.

Y Sophie confiando en que no los pillara nadie. Tenían que haber descubierto que Alex estaba allí con ella.

–Subiré en un minuto.

Él dejó escapar un suspiro.

–Adiós al aperitivo.

–Ya te dije que no era el momento.

–Sí, pero tampoco estabas protestando mucho.

Era cierto. De hecho, su actitud podría haber sido interpretada como… todo lo contrario.

–No deberíamos salir juntos.

Alex se cruzó de brazos.

–¿Y eso no parecería un poco sospechoso?

Sophie se colocó la braguita del bikini, mirándose al espejo antes de abrir la puerta del camarote. Tenía las mejillas rojas, pero el sol podía ser la explicación.

–¿Tienes una idea mejor?

Por su falta de respuesta, era evidente que no la tenía.

–Además, creo que necesitas un minuto o dos –Sophie señaló con la cabeza el conspicuo bulto bajo su bañador– para tranquilizarte.

–Yo estaba pensando en una ducha fría.

–Bueno, eso es lo que te pasa por saltarte las reglas –sonrió ella.

–¿Qué reglas son ésas?

–Las reglas de nutrición.

Alex tuvo que sonreír.

–¿Las reglas de nutrición?

Sophie abrió la puerta y se volvió con una sonrisa en los labios.

–No se debe picar entre comidas.

# *Capítulo Nueve*

Alex no pudo estar a solas con Sophie después de comer... y no porque no lo intentase sino porque siempre había empleados y gente a su alrededor. Afortunadamente, poco antes de las tres volvieron al puerto y fueron conducidos a palacio. Y apenas tuvo tiempo de cambiarse antes de ir a jugar al golf con Phillip.

En circunstancias normales disfrutaba mucho jugando al golf, pero aquel día estaba distraído. Y Phillip se dio cuenta.

–¿No tienes la cabeza en el juego? Si no recuerdo mal, eras mucho mejor que yo.

–Creo que me he quemado un poco en el yate.

Y era cierto. Le escocían los hombros a pesar de la crema solar que se había puesto poco después de subir al yate... algo que Sophie hubiera visto de no haberse desplomado sobre una tumbona en cuanto zarparon. Y dudaba que estuviera tan escandalizada como quería hacerle creer. Sophie lo había deseado en ese dormitorio tanto como él.

Y aunque disfrutaba del juego, estaba listo para la noche. En realidad, era en lo único que podía pensar; la razón por la que estaba jugando tan mal al golf. Pero no podía contarle eso a Phillip.

–¿Quieres que el médico te eche un vistazo?

–No, gracias. Mañana se me habrá pasado.

Después de dejar los palos en la taquilla fueron al bar del club para esperar a Hannah. Una atractiva camarera les sirvió dos copas, pero Phillip apenas pareció fijarse en ella. Se mostraba amable, pero distante, nada que ver con el Phillip al que había conocido en la universidad. Ese Phillip no era nada tímido y cuando alguna mujer le gustaba se lo hacía saber. Pero ahora sólo tenía ojos para su esposa.

Alex se preguntó cómo sería amar a alguien de tal forma. Lo que había entre Phillip y Hannah tenía que ser muy especial.

–¿Lo habéis pasado bien en el yate? –le preguntó su amigo.

–Sí, muy bien.

–Creo recordar que tú también tenías un yate.

–Sí, pero se lo ha quedado mi ex –suspiró Alex. Cynthia hubiera querido quedarse con las joyas de la familia de haber podido arrancárselas. Y no se refería a los diamantes de su abuela–. Ha sido muy agradable volver al mar.

–¿Cómo te llevas con Sophie?

–Bien. Tu hermana es... –Alex buscó palabras para describirla, pero sólo se le ocurría: sexy, inteligente y cabezota. Y estaba seguro de que Phillip no querría oír eso–. Una anfitriona excelente.

–Conoce esta isla mejor que nadie.

–Sí, ya me he dado cuenta.

–Seguro que sí.

Alex tuvo la impresión de que su amigo sabía más de lo que quería dar a entender. Pero Hannah apareció en ese momento y los dos se levantaron para saludarla.

Desde allí fueron al comedor privado de la familia real. El camarero acababa de marcharse después de tomar nota cuando sonó el móvil de Phillip.

–Tenemos por norma no contestar al teléfono mientras estamos cenando, pero tengo que atender esta llamada –suspiró, después de mirar la pantalla.

–No pasa nada, cariño –dijo su mujer.

–Si me perdonáis un momento…

–Eso es lo que pasa cuando te casas con un rey –sonrió Hannah–. Pero así tendremos un momento a solas para charlar. ¿Estás disfrutando de tus vacaciones?

–Mucho. Es exactamente lo que necesitaba –contestó Alex.

–Phillip me ha contado que tu divorcio ha sido una pesadilla.

Era tan amable, tan dulce. Había algo muy agradable en ella. Elegante, refinada y, sin embargo, muy sencilla. Nadie diría que era una reina y, siendo tan joven, tampoco resultaba fácil creer que ya tuviera un hijo. Claro que no habría nadie en el país, en el mundo probablemente, que no reconociera a la reina Hannah, famosa por sus obras benéficas y por su filantropía.

–Ningún divorcio es divertido –Alex se encogió de

hombros–. Pero me alegro de que haya terminado por fin.

–Si necesitas algo, dínoslo. Por cierto, ¿Sophie y tú habéis tenido tiempo de… charlar?

Podría jurar que lo había preguntado con doble sentido… pero no, era imposible.

–Sí, la verdad es que no ha cambiado mucho.

–¿Y sabe lo que sientes por ella?

Y él pensando que sabía esconder sus sentimientos. O era más transparente de lo que pensaba o su majestad era muy perceptiva.

–¿Por qué crees que siento algo por ella?

Hannah se encogió de hombros.

–No sé, me pareció notar algo en la cena.

A lo mejor estaba confundiendo el desdén con la atracción.

Y a lo mejor también lo estaba confundiendo él.

–Sophie es dura por fuera, pero no dejes que eso te engañe. En el fondo es un trozo de pan… aunque tengo la impresión de que eso ya lo sabes. De hecho, creo que lo sabes desde hace tiempo.

Evidentemente, Hannah sospechaba que había algo entre ellos. ¿Sabría lo personal que era ese algo?

–Sophie y yo… en fin, es complicado.

–Las relaciones sentimentales suelen serlo. Y más aún cuando se trata de una casa real.

Eso era verdad, desde luego.

Alex se preguntó entonces si Phillip albergaría las mismas sospechas. Pero de ser así, ¿por qué nunca le había dicho nada?

–Phillip no lo sabe –Hannah sonrió, como si hubiera podido leer sus pensamientos.

Y con un poco de suerte nunca se enteraría, pensó Alex. Aunque acostarse juntos había sido idea de Sophie, dudaba que a Phillip le hiciera mucha gracia.

–Bueno, como estás recientemente divorciado, supongo que tu relación con mi cuñada será… en fin, algo pasajero.

–Imagino que sí –asintió él. Era una forma diplomática de decir que estaban teniendo una aventura, pero no quería mentirle. Además, no había sido idea suya.

Muy bien, quizá lo había sido. Pero su plan era seducirla contra su voluntad, no pedir permiso. En cualquier caso, había conseguido lo que quería. Sophie podía pensar que no se enamoraría de él, pero no sabía con quién estaba tratando.

Aunque debía admitir que aquello empezaba a parecer menos una venganza y más… en fin, sinceramente, ya no estaba seguro de lo que era.

–Es una pena –dijo Hannah–. Tengo la impresión de que podríais llevaros muy bien.

Hubo un tiempo en el que estuvo de acuerdo con ella, pero aquella vez no se quedaría el tiempo suficiente como para descubrirlo.

–Imagino que no querrás que le diga nada a Phillip.

–No te pediría que ocultases secretos a tu marido.

–Pero me agradecerías que lo hiciera –sonrió Hannah–. Claro que Sophie es, además de mi cuñada, una de mis mejores amigas. Y si le haces daño, la ira de Phillip no será nada en comparación con la mía.

–Me considero advertido –sonrió Alex.

–Estupendo.

Phillip reapareció en ese momento.

–Buenas noticias: la reunión que tenía planeada para mañana se ha cancelado.

Alex no sabía por qué ésa era una buena noticia y Phillip debió notar su confusión porque añadió:

–Si no tengo una reunión a primera hora, podemos irnos de caza muy temprano.

–Ah, genial –murmuró Alex. Aunque salir temprano significaba menos tiempo con Sophie…

–De hecho, no veo ninguna razón para esperar hasta mañana –siguió Phillip–. La cabaña sólo está a una hora de aquí, así que nos iremos esta noche.

Normalmente a Sophie le encantaba cuidar de su sobrino, pero aquella noche estaba nerviosa. Después de meterlo en la cama, a las ocho, no había dejado de pasear, mirando por la ventana para ver si llegaba el coche de su hermano. Cuando por fin llegó, a la nueve y media, prácticamente había dejado sus huellas en la alfombra. Suspirando, se dejó caer en el sofá y abrió el libro que había llevado con ella. Pero tardaban un siglo en subir…

–¿Cómo está mi angelito? –fue lo primero que preguntó Hannah.

–Durmiendo –contestó Sophie, mirando hacia la puerta. Pensaba que Alex iría con ellos, pero no era así.

–¿Cómo está? –preguntó Phillip.

–¿Quién?

–Frederick.

–Ah, bien. Ha sido muy bueno, como siempre.

–Me alegro mucho –suspiró Hannah–. Le están saliendo los dientes y lleva unos días quejándose.

–¿Qué tal la cena? –preguntó Sophie.

–Muy agradable –contestó su hermano–. Bueno, voy a cambiarme de ropa.

–¿Por qué? ¿Vas a algún sitio?

–Phillip y Alex han decidido irse a la cabaña esta misma noche –contestó Hannah.

¿Se marchaba esa noche?

¡No, no, no! No podían irse esa noche. Alex y ella tenían planes. Iban a acostarse juntos, porras.

–Es un poco tarde, ¿no?

Hannah se encogió de hombros.

–Ya sabes que a los hombres les encanta tener un rifle en la mano.

–¿Y no te importa que se marche?

–No pasa nada. Yo me voy a la cama de todas formas, estoy agotada.

Tenía que detener aquello, pensó Sophie. Tenía que hablar con Alex...

–Bueno, si no me necesitas, me voy a casa.

–Gracias por cuidar de mi angelito.

–De nada, ya sabes que me encanta. Dale un beso a mi hermano.

Sophie salió de la suite, pero en lugar de volver a su residencia se dirigió a la zona de invitados y llamó a la puerta de la habitación de Alex.

Él abrió haciendo un gesto de disculpa.

–Supongo que te lo han dicho.

–¿Te marchas esta noche?

–No es culpa mía.

–¡Alex!

–¿Qué querías que hiciera? Ha sido idea de tu hermano...

–Se te podría haber ocurrido alguna excusa.

Alex miró su reloj.

–Mira, tengo que hacer la maleta. He quedado con él abajo en quince minutos.

Aunque quince minutos no era mucho tiempo seguramente podrían arreglárselas, pensó Sophie, cerrando la puerta. Claro que si sólo iban a hacerlo una vez, no quería ir con prisas.

–Por cierto, Hannah lo sabe.

–¿Qué sabe?

Alex entró en el vestidor y sacó una bolsa de viaje.

–Lo nuestro.

–¿Qué? ¿Y qué le has dicho?

–Nada –contestó él–. Pero me dijo que había notado algo durante la cena.

–¿Lo dijo delante de Phillip?

–No, no. Él había salido para hablar por teléfono. Hannah me prometió que no diría nada... y me amenazó con hacérmelo pagar caro si te hacía daño.

–¿Hannah ha hecho eso?

–Sí, a mí también me ha parecido un poco raro. Es tan dulce…

–¿Pero qué es lo que sabe?

–No lo sé, no me dijo nada concreto –suspirando, Alex empezó a guardar sus cosas en la bolsa–. Aunque parece saber que no tenemos una relación… seria.

–¿Y no va contárselo a mi hermano?

–No creo que lo haga.

Sophie lo seguía por la habitación mientras iba guardando sus cosas. No era justo. Aquélla debía ser su noche. Y no sería tan horrible si al menos hubiera disfrutado del aperitivo en el yate. Aunque eso podría haber sido peor.

–Tengo que irme.

Ella no quería que se fuera, ¿pero qué podía hacer? ¿Suplicarle que no se marchara? ¿Pedirle que inventase alguna excusa absurda para no ir con su hermano? No podía hacerle saber lo importante que era para ella. Después de todo, no quería darle falsas esperanzas. Porque si alguien iba a enamorarse, seguramente sería él.

Había ocurrido antes.

–Bueno, que lo pases bien… matando bichos.

–Intentaré convencer a Phillip para que volvamos el jueves.

–Si lo hacéis, y yo estoy libre, quizá podríamos pasar la noche juntos.

–Si estás libre, ¿eh? –riendo, Alex la tomó por la

cintura y le dio un beso que la dejó mareada–. Piensa en esto mientras estoy fuera… y luego dime que no estás libre.

Sophie abrió la boca para protestar, pero para cuando su cerebro pudo formar una réplica adecuada, Alex había desaparecido.

# *Capítulo Diez*

Alex lo pasó bien cazando con Phillip. Era la primera oportunidad para los dos viejos amigos de charlar a fondo, de pasar un rato juntos. Y eso hizo que se diera cuenta de cuánto había echado de menos esa amistad. Jonah siempre sería su mejor amigo, su hermano prácticamente, pero también resultaba agradable pasar algún tiempo con alguien que no lo conocía tan bien. Alguien que no juzgaría cada uno de sus movimientos.

Pero el jueves por la tarde Hannah llamó para decir que Frederick tenía fiebre. Y aunque el médico había dicho que no tenían por qué preocuparse, Phillip insistió en volver a casa inmediatamente.

–Espero que no te importe.

–No, claro que no. La familia es lo primero –dijo Alex.

–El médico ha dicho que es una reacción normal porque le están saliendo los dientes... pero me siento mejor si estoy con él.

Si Alex fuera padre pensaría lo mismo. Pero si su ex y él hubieran tenido hijos, los pobres habrían sido meros peones en el divorcio. Un arma más para Cynthia, que no había tenido ningún reparo en mentirle a su familia y retorcer la verdad para su propio beneficio. Y lo peor de todo era que parecían creerla a ella más que a alguien de su propia sangre.

Su ex había pasado años creando una maraña de mentiras y cuando Alex se dio cuenta ya era demasiado tarde porque había engañado a todo el mundo.

Y sí, pensó mientras subía al coche con Phillip, quizá había transferido parte de esa animosidad hacia Sophie. Si su única motivación para acostarse con ella hubiera sido la venganza, ¿la habría echado tanto de menos ese día? ¿Y sería su cara lo primero que quisiera ver cuando llegase a palacio? Un viaje que parecía durar una eternidad, por cierto.

Se preguntó entonces si Sophie estaría libre o si se habría ido ya a la cama...

Cuando por fin llegaron, Hannah estaba en el vestíbulo, paseando con Frederick en brazos.

–Acaba de dormirse –les dijo en voz baja.

Phillip puso una mano sobre la frente del niño.

–Sigue teniendo fiebre.

–Cada vez que intento dejarlo en la cuna se pone a llorar. Me duelen los brazos de estar así todo el día.

–Dámelo, yo intentaré meterlo en la cuna.

A Alex seguía sorprendiéndolo ver a Phillip convertido en padre de familia. Y tan satisfecho.

–Nos vemos mañana –se despidió su amigo antes de subir a la habitación.

–Siento haberos hecho volver antes de lo previsto –se disculpó Hannah–. Podría haberme quedado sola con el niño otra noche, pero Phillip es un padre tan dedicado... supongo que porque sus propios padres eran tan fríos. Sophie y él fueron criados por niñeras y amas de llaves y creo que eso los marcó a los dos.

–Hablando de Sophie –murmuró Alex, mirando su reloj–. ¿Crees que es demasiado tarde para ir a verla?

No dijo por qué y esperaba que Hannah no le preguntase.

–Creo que no está en casa. Estuvo ayudándome un rato con Frederick, pero cuando le dije que Phillip volvía a palacio se marchó. Dijo algo sobre una cita...

¿Una cita? ¿Sophie sabía que volvía a palacio y, en lugar de esperar, había encontrado a otro con el que pasar el tiempo? Aunque a él le daba igual, claro.

Pero si le daba igual, ¿por qué sentía como si le hubieran dado una patada en el estómago?

–No sé si debería habértelo contado –suspiró Hannah–. Pero como lo que hay entre vosotros es algo temporal, pensé...

–No pasa nada –la interrumpió Alex. Porque no debía pasar. No tenía por qué esperar fidelidad de una mujer con la que, oficialmente, no mantenía una relación–. Sólo quería preguntarle una cosa sobre la cena benéfica de mañana.

–¿Tienes el número de su móvil?

–No es importante, puedo hablar con ella en otro momento.

–Bueno, yo voy a subir a ver cómo está Frederick –sonrió Hannah.

–Hasta mañana.

Una vez en su habitación, sorprendentemente abatido, Alex se sirvió una copa y se acercó a la ventana para mirar la residencia de Sophie. Había luz en el piso de arriba, de modo que debía estar en casa. Quizá no tenía ninguna cita, pensó. A lo mejor sólo se lo había contado a Hannah para despistarla.

Y si eso era verdad, al menos debería hacerle saber que estaba de vuelta.

Se acercó al teléfono y marcó el número que aparecía en el directorio, pero no fue Sophie quien contestó, sino Wilson. Y cuando le preguntó por ella el mayordomo le informó de que la princesa había salido.

Alex colgó, sintiéndose como un tonto por haber llamado. Y por sentirse tan decepcionado. No debería importarle dónde estuviera Sophie o lo que hiciera.

Suspirando, llevó su copa al dormitorio y encendió la lámpara que había al lado de la cama... y, por segunda vez aquel día, se quedó estupefacto. Porque sobre la cama, durmiendo profundamente, estaba Sophie.

No sabía qué hacía allí, pero no podía negar que se sentía feliz de verla. Tan feliz que era desconcertante. No debería emocionarle tanto.

Pero era evidente que Sophie quería estar con él. Tanto como él quería estar con ella.

Después de quitarse zapatos y calcetines, se tumbó a su lado sin hacer ruido. Quería despertarla, pero le gustaba tanto estar así que se quedó mirándola, memorizando su rostro, preguntándose qué demonios estaba haciendo.

Luego, impaciente, rozó su mejilla con los labios...

Sophie arrugó la nariz y murmuró algo, en sueños.

–Despierta, Bella Durmiente.

Ella abrió los ojos, desconcertada al principio.

–Ah, por fin has vuelto –sonrió.

–¿Una cita aburrida?

Sophie lo miró, confusa por un momento, pero enseguida sonrió.

–Se lo dije a Hannah para despistarla y luego me colé aquí a esperarte. Pero supongo que estaba cansada.

Llevaba un pantalón pirata blanco y una camisola de seda rosa que dejaba al descubierto su estómago bronceado. Tenía un aspecto tan joven, tan alegre. Y absolutamente irresistible.

Alex alargó una mano para apartar el flequillo de su frente. Una excusa para tocarla.

–Bueno, pues aquí estamos.

–Aquí estamos –repitió ella.

–Siento que Frederick no se encuentre bien, pero ese niño ha elegido el momento perfecto –Alex la apretó contra su pecho–. ¿Cómo vamos de tiempo nosotros, por cierto?

Sophie le echó los brazos al cuello y enredó una pierna en su cintura.

–¿Quieres decir cuándo tengo que marcharme?

–Exactamente.

–Phillip y Hannah no saben que estoy aquí y le dije a Wilson que esta noche dormiría en palacio.

Ésa era precisamente la respuesta que Alex esperaba porque tenía intención de disfrutar durante muchas horas.

–¿Recuerdas la primera noche, cuando vine a tu habitación? Nos besamos, nos tocamos y hablamos durante toda la noche. No hicimos el amor hasta que empezó a salir el sol.

Alex metió la mano bajo la camisola para acariciar su espalda.

–Sí, me acuerdo.

Sophie enredó los dedos en su pelo, besándolo suavemente en el cuello.

–Me gustaría hacer eso otra vez.

–Pero no vamos a hacer el amor –le recordó él–. Vamos a acostarnos juntos.

–Sí, es verdad –Sophie lo miró con un brillo travieso en los ojos–. Y seguramente no es necesario que hablemos tanto.

–¿Ah, no? Entonces sólo nos quedan los besos y las caricias.

–Y el sexo. Aunque no sé si quiero esperar toda la noche para eso –dijo ella, mordisqueando su labio inferior.

Alex acarició sus pechos, atrapando un pezón entre el pulgar y el índice.

–¿Qué tal esto?

Sophie lo miró, sus ojos cargados de deseo.

–Ahora que lo pienso, ¿por qué no nos olvidamos de esa primera noche y creamos recuerdos nuevos? –sugirió, mientras empezaba a desabrochar los botones de su camisa.

Tenían toda la noche, de modo que no había prisa, pensó él, sujetando sus manos.

–Ve más despacio.

–No quiero ir despacio –sonriendo, Sophie siguió con su tarea–. Te quiero desnudo ahora mismo.

Alex iba a sujetarla de nuevo, pero ella rozó su mano con los dientes y tuvo que apartarla, riendo. Estaba seguro de que lo hubiera mordido. Y sólo por eso, no iba a verlo desnudo en mucho rato.

Cuando había desabrochado la camisa y se lanzaba a hacer lo mismo con el pantalón, Alex sujetó sus manos poniéndolas sobre su cabeza y colocándose encima.

–Esto no es justo –protestó Sophie, intentando soltarse.

No luchaba con todas sus fuerzas, pero él se dio cuenta de que si no le hacía saber quién llevaba el mando, aquélla iba a ser una pelea interminable.

–Nadie ha dicho que la vida sea justa.

Luego volvió a besarla apasionadamente y, poco después, Sophie dejaba de luchar por fin. Cuando soltó sus manos, ella se las echó al cuello, enterrando los dedos en su pelo. Era más fiera, más ardiente de lo que recordaba.

Alex le quitó la camisola y la tiró al suelo. Llevaba un sujetador rosa de encaje que no dejaba nada a la imaginación. Sus pezones eran pequeños y oscuros... nunca había visto nada tan precioso.

Inclinó la cabeza para rozar uno con la lengua y Sophie se arqueó hacia él. Cuando intentó apartarse, ella lo sujetó. Y esta vez decidió no protestar.

Riendo, apartó a un lado el sujetador, desnudando sus pechos para acariciarlos con la boca. Sophie gemía, arqueándose hacia él, y como le gustó la reacción hizo lo mismo con el otro pecho. La besó y la chupó hasta que empezó a restregarse contra él...

Pero intentaba guiar su boca hacia la suya, luchando por recuperar el control de nuevo, de modo que Alex empezó a besar su estómago, sus costados. Cuando se puso de rodillas para desabrochar el pantalón ella alargó la mano, pero Alex la apartó.

–Voy a tener que atarte.

En los labios de Sophie había una sonrisa llena de sensualidad; en sus ojos había un infierno.

–Lo dices como si fuera algo malo.

Quizá más tarde, ahora tenía otros planes.

Ella, juguetona, se quitó el sujetador y lo tiró al suelo. Sus pechos eran perfectos, pequeños pero firmes y suaves.

Alex se inclinó para besar uno, luego el otro... y después siguió bajando su pantalón hasta que quedó con un diminuto triángulo de encaje que apenas podía llamarse braguita. Y debajo no había nada más que piel suave y dorada.

Besó su estómago por encima de las braguitas y ella echó la cabeza hacia atrás. Tenía un cuello precioso, largo y delicado. Cuando la besó por encima del encaje, Sophie dejó escapar un gemido. Su aroma era ligero, fresco, femenino.

Sonriendo, Alex le quitó las braguitas y se sentó en cuclillas para mirarla.

–¿Qué?

–Nada.

–¿Por qué me miras así?

–Porque me gusta mirarte.

–Ah, bueno.

Se quedó así durante un minuto, admirando aquel cuerpo perfecto. Tenía los pies pequeños para ser una mujer tan alta, los tobillos delicados y unas piernas tan largas... unas piernas que estaba deseando sentir alrededor de su cintura.

–¿Por qué soy la única que está desnuda? –preguntó Sophie.

–Porque aún no es mi turno.

–¿Quién lo dice?

–Yo.

–Ah, ya lo entiendo. Eres tímido y te da miedo admitirlo.

Él estaba besando su estómago, sus caderas...

–Tú sabes que eso no es verdad, alteza.

–Supongo que no podría convencerte para que dejaras de llamarme alteza.

–Me lo pensaré –Alex pasó la lengua por el interior de uno de sus mulos y luego la miró, sonriendo–, alteza.

Sophie podría haber protestado... si no estuviera tan excitada y húmeda. Y también Alex estaba preparado. Había pasado demasiado tiempo. Demasiado desde la última vez que se sentía tan a gusto con una mujer. Desde que el sexo había sido tan divertido.

Y no quería ir deprisa, pero Sophie parecía pensar que iba demasiado lento.

–Tócame –le rogó.

Alex la rozó con los dedos donde estaba húmeda y ella dejó escapar un gemido, mordiéndose los labios. Más atrevido, deslizó un dedo en su interior y Sophie levantó las caderas hacia su mano.

–¿Quieres más?

–Sí –musitó ella, con los ojos desenfocados. Le gustaba saber que la hacía disfrutar así, que era tan fácil.

Introdujo uno más, luego un tercero, pero podía ver que aún no era suficiente, de modo que inclinó la cabeza y la tocó con la lengua. Y fue recompensado con un gemido ronco de placer.

Cuando la tomó con la boca, Sophie estuvo a punto de saltar de la cama. Sabía más dulce y más deliciosa que su postre favorito... y era mucho más satisfactorio. Luego ella puso esas preciosas piernas sobre sus hombros, encerrándolo como si temiese que fuera a parar. Aunque no iba a hacerlo. No había nada mejor que aquello.

Siguió acariciándola con los dedos y la lengua, despacio porque no quería que terminase demasiado rápido y era evidente que casi había llegado. Con los dedos enredados en su pelo, la cabeza echada hacia atrás y los ojos cerrados, los talones clavándose en su espalda, Alex creía estar en el cielo.

Pero, aunque tenía cuidado, podía sentir que se le escapaba, que se acercaba al orgasmo cada vez más rápido sin que él pudiera evitarlo. Poco después se puso tensa y cerró las piernas, aplastando su cabeza entre sus muslos, estremeciéndose, sacudida por los espasmos.

Pero Alex no quería que terminase tan pronto, quería ver hasta dónde podía llevarla. Así que, en lugar de parar, incrementó la presión de su boca, de su lengua. Ella emitió un suspiro de protesta, intentando apartarlo, pero Alex insistió. Y un minuto después Sophie hacía justo lo contrario: jadeando, se rompía casi inmediatamente.

Alex, con el corazón acelerado, besaba su estómago, su piel suave y húmeda.

–Me ha gustado mucho...

Él siguió besando el valle entre sus perfectos pechos, su garganta, su barbilla, su cara.

–Afortunadamente para ti, alteza, sólo estaba calentando motores.

# *Capítulo Once*

Alex se negaba a llamarla por su nombre… pero se sentía tan bien en aquel momento que le daba igual cómo la llamase. Estaba demasiado exhausta como para moverse, incluso para abrir los ojos.

–No me había pasado nunca.

–¿Qué parte no te había pasado nunca? –preguntó Alex.

–La parte… múltiple.

–¿De verdad? –había una nota de incredulidad y orgullo en su voz.

–Pues sí. Yo intento tener mis orgasmos de uno en uno.

–¿Por qué?

–Porque no quiero poner el listón demasiado alto. Así me ahorro una decepción –contestó Sophie. Aunque, de hecho, seguramente a partir de aquel momento, y por culpa de Alex, estaría para siempre demasiado alto.

Estaba tan relajada, tan saciada, que podría haberse quedado así durante horas, pero se dio cuenta entonces de que estaba siendo egoísta. Ella estaba satisfecha, pero Alex ni siquiera se había quitado la ropa.

De modo que le echó los brazos al cuello.

–Te toca desnudarte.

–¿Quién lo dice?

–Yo –contestó Sophie–. Ahora mismo.

Sin molestarse en discutir, Alex sacó la cartera del bolsillo del pantalón y la dejó sobre la mesilla antes de empezar a desnudarse. Los calzoncillos fueron lo último en desaparecer y cuando se los quitó Sophie dejó escapar un suspiro de satisfacción. Creía recordarlo todo sobre él, pero su memoria no le hacía justicia.

–Túmbate –le ordenó–. Ahora me toca mirarte a mí.

Alex era tan implacable que Sophie se sorprendió cuando la dejó colocarse a horcajadas sobre él. Y, durante unos segundos, deslizó la mirada por su cuerpo, memorizándolo para que aquella vez, cuando se fuera, no pudiese olvidar nada. Aunque siempre lo recordaría, por muy poco tiempo que estuvieran juntos.

Su cuerpo era tan perfecto... tan hermoso. Más aún por el hombre que había dentro. Y aquella noche era todo suyo.

Casi lamentaba que la aventura no pudiese durar más, aunque sabía que era mejor así.

Cuando sólo mirarlo no fue suficiente, recorrió su cuerpo con las manos. Acarició sus brazos, su torso, su estómago... al llegar a su erección se detuvo un momento antes de rodear el miembro con la mano, apretándolo suavemente.

Alex suspiró, cerrando los ojos.

–Eres precioso –murmuró–. ¿Está bien decir que un hombre es precioso? No quiero acomplejarte.

–Sigue tocándome así y puedes llamarme lo que quieras.

Sophie lo acarició de arriba abajo...

–¿Así?

La respuesta fue un suspiro.

Nada le gustaba más que experimentar con el cuerpo masculino, aprender todos los trucos, saber qué lo excitaba, qué lo hacía perder la cabeza. Y durante un rato eso fue lo que hizo: acariciarlo con las manos y la boca. Pero después Alex tomó su cara entre las manos.

–Aunque eso me encanta, quiero estar dentro de ti.

–Espero que lleves preservativos –murmuró Sophie. Sería una pena llegar tan lejos para después tener que parar.

–En la cartera –dijo él, señalando la mesilla.

Ah, un hombre que iba preparado. Y dentro de su cartera había no sólo un preservativo, sino varios.

Sophie reconoció el paquete como norteamericano, de modo que lo había llevado con él. Lo cual no significaba necesariamente que hubiese planeado aquello. ¿Qué hombre soltero no llevaba preservativos en la cartera?

Después de sacar uno tomó un segundo, por si acaso, y luego tiró la cartera sobre la mesilla. Sonriendo, rasgó el envoltorio con los dientes y le preguntó:

–¿Quieres que haga los honores?

Alex sonrió.

–Haz lo que quieras.

Sophie se lo puso, muy despacio, sabiendo por su expresión que lo estaba volviendo loco. Y eso era exactamente lo que quería.

–Hazme el amor –musitó.

No quería que supiera lo real que era esa frase para ella. No quería que supiera que era mucho más que sexo. Como le había dicho diez años antes, cuando creía tener toda la vida por delante.

Alex la sujetó por las caderas para guiarla y Sophie, aún húmeda, lo recibió saboreando la sensación de tenerlo dentro.

Mientras se movía acariciaba sus pechos, pellizcando suavemente los pezones, haciéndola temblar. Y después buscó su boca para darle uno de esos besos profundos, apasionados, que casi la mareaban. Pero enseguida se dio cuenta de que no estaba mareada... no, Alex estaba tumbándola de espaldas sin interrumpir el ritmo de sus caricias. Y, de repente, estaba debajo de él.

A la porra con hacer el amor. Quería aquello. Quería dejarse ir, perder el control. Enredando las piernas en su cintura, clavó las uñas en su espalda, gimiendo de placer. No podía parar.

Perdió la noción del tiempo después de eso. Todo lo que oía, veía o respiraba era él. Y cuando creyó que no podría soportarlo más, cuando se sentía más vulnerable, Alex aún la llevó más lejos.

–Sophie, mírame.

En cuanto sus ojos se encontraron explotó, llevándola con él. Sophie sintió que se vaciaba en su interior y seguía temblando cuando se tumbó a su lado, los dos respirando agitadamente, sus corazones latiendo con fuerza.

–No sé tú, pero yo ya no estoy tenso.

No, tampoco ella. Al contrario, estaba tan relajada que casi tenía que hacer un esfuerzo para abrir los ojos.

–Parece que ha funcionado.

Pero, de repente, hacerlo sólo una vez no parecía ya tan buena idea. La idea de tocarlo, de hacer el amor con él de nuevo era demasiado tentadora.

Quizá en lugar de una sola vez deberían limitarse a una sola noche. Y como ninguno de los tenía nada mejor que hacer...

Sophie se puso de lado, pasando una pierna sobre su cadera y jugando con el suave vello de su torso.

–¿Alex?

–¿Sí?

–Tengo un problema.

–¿Qué problema?

–Me siento tensa otra vez.

Él sonrió.

–Bueno, alteza, entonces tendremos que solucionarlo.

***

A las cinco de la madrugada, antes de que se levantasen Phillip o Hannah, y con apenas una hora de sueño, Sophie salió del dormitorio de Alex y bajó la escalera de puntillas. Sólo quedaban doce pasos para llegar a la puerta cuando Hannah salió de la cocina, con Frederick riendo alegremente en sus brazos.

–¡Vaya, qué temprano te has levantado! –sonrió su cuñada.

–Sí, es verdad –Sophie intentó disimular su turbación–. Parece que el niño se encuentra mejor.

–Ya no tiene fiebre –suspiró Hannah–. ¿Y sabes una cosa? Has tenido suerte.

–¿Por qué?

–Phillip suele darle el primer biberón de la mañana.

–¿Ah, sí?

–Si no quieres que sepa nada sobre lo que hay entre Alex y tú, seguramente no deberías quedarte a pasar la noche en palacio.

–Sí, bueno... debería irme a casa, es verdad.

–Me gusta Alex, Sophie. Y sé que intentas hacerte la dura, pero me preocupa que te haga daño.

Era temprano, apenas había pegado ojo y no estaba de humor para un sermón. Por no decir que también ella estaba preocupada. Había ocurrido algo esa noche, algo especial. Lo que supuestamente sólo era una noche de sexo había terminado siendo algo más. Al menos, para ella. ¿Pero qué sentiría Alex?

Mejor no saberlo. Habían pasado una noche juntos y lo dejarían así, como habían planeado.

–No te preocupes –sonrió, besando la mejilla del niño–. Nos vemos esta noche, en el baile.

–Espero que sepas lo que estás haciendo –dijo su cuñada.

También ella lo esperaba. Porque no podía arriesgarse a hacer la única cosa que había jurado no hacer...

Enamorarse de él.

Alex no dejaba de mirar a Sophie en el baile del Royal Inn. Llevaba un vestido largo y el pelo sujeto en un complicado moño que dejaba al descubierto su largo cuello y sus bronceados hombros.

Iba de grupo en grupo, hablando con todo el mundo casi al ritmo de la orquesta. Tenía un aspecto elegante, refinado y sexy al mismo tiempo.

Y, aparentemente, había sido justo lo que necesitaba porque no podía recordar la última vez que había dormido tan bien. Hacía tiempo que no despertaba sin sentir una nube negra sobre su cabeza, una sensación de angustia en el pecho. Se sentía... en paz.

Pero lo que debería experimentar era una sensación de triunfo o de satisfacción. Había ido allí decidido a seducir a Sophie y lo había conseguido. Mejor aún, había sido ella quien había dado el primer paso.

Lo único que tenía que hacer ahora era abandonarla porque sabía que le había robado el corazón. La noche anterior había visto en sus ojos que seguía amándolo.

Pero en su plan había un fallo: Sophie no era la mujer que él esperaba que fuera. Y su plan de venganza empezaba a parecerle infantil y mezquino.

Mientras iban al hotel, con Phillip y Hannah en el coche, Sophie había disimulado a las mil maravillas. Se había mostrado tan amable con él como se mostraría con cualquier invitado de su hermano.

Pero cuando llegaron al Royal Inn, donde tendría lugar el baile benéfico, le quedó claro de inmediato la carga que suponía el título para cada miembro de la familia. Fueron acosados por la prensa en cuanto salieron del coche y, una vez dentro, un ejército de empleados e invitados los monopolizaron durante horas.

Alex estaba en el bar, observándola. De vez en cuando sus miradas se encontraban y compartían una sonrisa secreta, pero no podía dejar de pensar que ella intentaba mantener las distancias a propósito.

–Me parece que no nos conocemos.

Una atractiva morena acababa de sentarse en un taburete, a su lado. Llevaba un vestido rojo de sirena con un escote de vértigo… que llenaba por completo.

–Soy Alexander Rutledge.

–Madeline Grenaugh –dijo ella, apretando su mano de manera sugerente–. Es usted norteamericano.

–Así es.

–¿De la Costa Este?

–Nueva York. Es usted muy perceptiva.

–Señor Rutledge, no tiene usted ni idea –sonrió la morena. No intentaba disimular en absoluto. ¿Por qué no le daba la llave de su habitación o le hacía un mapa para llegar a su casa?

–¿Qué le trae a nuestro país?

–Soy invitado de la familia real. Fui a la universidad con el rey Phillip.

–Ah, entonces tenemos algo en común. Mis padres también son amigos de la familia real.

–¡Alex, ahí estás!

Él se volvió al oír la voz de Sophie.

–Hola.

–Siento mucho no haber podido atenderte. Ah, hola, Madeline, no te había visto.

Alex tenía la impresión de que Madeline era precisamente la razón por la que Sophie se había acercado a hablar con él.

–Hola, Sophie.

No se dirigía a ella usando el título, algo que parecía un error intencionado. La tensión entre las dos mujeres era evidente.

–Veo que ya conoces a nuestro invitado –dijo Sophie entonces, poniendo una mano en su brazo.

–Así es. Y creo que estaba a punto de pedirme que bailásemos.

¿Ah, sí? ¿Para que pudiera clavarle sus garras? No, de eso nada. Sexy o no, lo último que necesitaba era otra mujer manipuladora. Aunque sólo fuera un baile de cinco minutos.

–Lo siento, Madeline, pero le prometí a la princesa el primer baile –se disculpó, levantándose–. Encantado de conocerte.

Si las miradas matasen…

La sonrisa de la morena era puro hielo y la de Sophie… bueno, la de Sophie no era muy caritativa.

–Menos mal que me has salvado.

–Madeline es una vampira. Y tiene sus ojos puestos en la corona desde que era pequeña.

–¿Ah, sí?

–Intentó conquistar a Phillip y cuando se dio cuenta de que eso era imposible se dedicó a manipular a unos y a otros para conseguir lo que quería. Ningún hombre inteligente saldría con ella. Pero al verte ha debido olisquear sangre fresca…

–Ah, sangre fresca –repitió Alex, burlón, tomándola por la cintura al llegar a la pista de baile–. Y supongo que tu reacción no tiene nada que ver con los celos.

–Ya te gustaría.

–Sé que estabas celosa.

–Tu arrogancia nunca dejará de asombrarme.

Alex deslizó una mano por su espalda y la sintió temblar.

–No hagas eso –le advirtió ella.

Pero aunque sus labios decían que no, sus ojos decían que sí.

–Admítelo, alteza, me deseas.

–Ya te he tenido –replicó Sophie.

–Sí, pero los dos sabemos que una noche no será suficiente –sonrió Alex, besando su cuello–. ¿Por qué resistirse entonces?

–Ah, muy bien, tiene que haber algún armario espacioso por aquí... o a lo mejor deberíamos buscar una habitación.

Él se limitó a sonreír porque, de broma o no, podrían acabar así. Cuánto la deseaba, pensó, acariciando su espalda desnuda con la yema de los dedos. Le gustaría quitarle aquel vestido y besar cada centímetro de su piel...

–Una noche más, alteza. Haré que merezca la pena.

–No veo cómo.

–Piensa en orgasmos múltiples. Muchos.

Sophie tuvo que disimular una sonrisa y, en ese momento, Alex supo que era suya.

–No sé tú, pero yo empiezo a sentirme tenso de nuevo.

–¿De verdad?

–Sí.

–Pues ya sabes lo que eso significa –Sophie miró alrededor para comprobar si alguien los estaba vigilando y luego se inclinó hacia delante para hablarle al oído–. Ésta va a ser una noche muy larga.

# *Capítulo Doce*

Sophie no estaba de broma cuando dijo que iba a ser una noche muy larga. Y se aseguró de ello torturándolo a conciencia; frotándose contra él en la pista de baile cuando nadie los miraba, metiendo una pierna entre las suyas o poniendo una mano sobre su mulso durante la cena. Y todo esto con los miembros de la familia real sentados a la mesa.

Cuando llegó el segundo plato Alex estaba tan excitado que no sabía qué hacer.

Después de cenar Sophie se excusó para ir un momento al lavabo y Alex fue directamente a la barra a pedir una copa. Con un montón de hielo que seguramente acabaría echándose en el pantalón.

Sólo eran las ocho y, según Sophie, no saldrían de allí antes de medianoche. Posiblemente más tarde. Y luego estaba el problema de entrar en su residencia sin que nadie los viera...

Aunque, con un poco de suerte, ella iría a su cuarto de nuevo.

El camarero le sirvió un whisky doble y Alex tomó un largo trago.

–¿Me concedes este baile?

Sophie estaba a su lado, con un brillo provocativo en los ojos.

–¿Para seguir torturándome?

–Has empezado tú –sonrió ella.

Sí, era verdad. Y seguramente estaba recibiendo lo que merecía. Aunque, francamente, le encantaba. No sólo era excitante sino… divertido.

–¿Quieres volverme loco?

–No, en serio. Prometo comportarme.

Aunque albergaba serias dudas sobre esa promesa, Alex dejó que lo llevase a la pista de baile. Pero si Sophie había planeado hacer algo no tuvo oportunidad porque, de repente, tropezó y si él no hubiera estado sujetándola seguramente habría caído al suelo.

–¿Qué ha pasado?

–Me he torcido el tobillo.

–¿Te has hecho daño?

Ella hizo una mueca.

–Sí, mucho. Se me ha caído el zapato… ¿lo ves por algún lado?

Alex lo encontró a un metro de ellos y enseguida descubrió qué había provocado el accidente.

–Se ha roto el tacón.

–¿Qué?

–El tacón… se ha roto.

A su alrededor las parejas habían dejado de bailar y los miraban con curiosidad. Aquello tenía que ser muy embarazoso para ella porque siempre se mostraba muy segura de sí misma. Ése era el tipo de incidente que la haría sentir incómoda.

–¿Puedes apoyar el pie?

–No lo sé –Sophie intentó apoyarlo pero, al hacerlo, dejó escapar un gemido de dolor–. ¡No puedo!

–Vamos a la mesa.

–No puedo caminar.

Sin decir una palabra más, Alex la tomó en bazos y atravesó la pista de baile, con la gente apartándose como las aguas del Mar Rojo.

–¿Qué ha pasado? –preguntó Hannah, preocupada.

–Se ha roto el tacón de mi zapato y creo que me he hecho un esguince en el tobillo.

–¿Quieres que llame a un médico? –preguntó su hermano.

–No, no, sólo es un esguince.

–Seguramente la pista estaba demasiado resbaladiza. A mí me pasó lo mismo hace poco –suspiró su cuñada.

–Pues entonces deberíamos denunciar al propietario por negligencia –dijo Sophie–. Ah, pero los propietarios somos nosotros –añadió, riendo.

Hannah se inclinó para examinar el tobillo, pero ella hizo un gesto de dolor.

–Se está hinchando, así que tendrás que ponerte hielo. Y seguramente debería verte un médico.

–Yo la llevaré a casa –intervino Phillip.

–¿Qué? Tú no puedes marcharte –protestó Sophie–. Llevadme al coche, no pasa nada.

–No pienso dejarte ir sola a casa.

Si había algún momento para intervenir era aquél, pensó Alex.

–Yo la llevaré.

–¿Estás seguro?

Claro que estaba seguro. Sophie necesitaba que la cuidasen y quería ser él quien lo hiciera. Aunque sabía que no podría hacer mucho más.

Y veía una larga ducha fría en su inmediato futuro.

–¿Quieres que pidamos una silla de ruedas? –preguntó Hannah.

–No hace falta, yo puedo llevarla –sonrió Alex.

Cinco minutos después subían al coche, bajo una lluvia de fogonazos, escoltados por su guardaespaldas.

–Ha sido muy emocionante –bromeó él.

–¿Tú crees? –sonrió Sophie, dirigiéndose luego al conductor–. Al palacio, por favor.

–¿No quieres ir a tu casa?

–Sería mejor que fuéramos a tu suite.

¿Estaba sugiriendo que pasaran la noche juntos?

Sophie empezó a quitarse las horquillas del pelo, dejando que la melena cayera sobre sus hombros como una cascada.

–Pensé que querrías irte a la cama inmediatamente.

–Pues claro –sonrió ella.

–A tu propia cama. A descansar.

–No estoy cansada.

–¿Y el tobillo?

–¿Qué pasa con mi tobillo?

–¿No te duele?

Sophie giró el pie a un lado y a otro y luego lo apoyó en el suelo del coche.

–Vaya, parece que ya está mucho mejor.

–Un momento... ¿no me digas que has estado fingiendo?

–¿Y cómo si no íbamos a salir del baile?

–¿Cómo lo has hecho? ¿Has roto el tacón en el lavabo?

Sophie se limitó a sonreír.

Debería haberlo imaginado. Debería haber imaginado que un tacón roto era muy conveniente. Y él preocupándose por su orgullo herido...

–Ha sido una treta muy sucia –le dijo, cruzándose de brazos.

–He hecho cosas peores, te lo aseguro. Y te lo habría contado, pero tenía que parecer convincente –Sophie puso una mano sobre su pierna–. ¿Estás enfadado conmigo?

–Mucho.

–¿De verdad?

–Sí, claro –riendo, Alex la envolvió en sus brazos–. De hecho, en cuanto estemos solos pienso castigarte severamente.

Si un castigo para Alex significaba satisfacer a una mujer hasta que no podía más, entonces había cumplido su amenaza.

Estaba tumbada a su lado, brazos y piernas enredados, la cabeza apoyada en su pecho. Y sabía ya que eso de «una sola noche» era absurdo. Quería cien noches con Alex, mil noches.

Pero tendría que conformarse con el tiempo que les quedase.

–¿Puedo hacerte una pregunta personal?

–Supongo que eso depende de la pregunta.

–¿Cómo era tu mujer?

–Ah, ese tipo de pregunta. Y yo que estaba pasándolo tan bien...

–Vamos, no podía ser tan horrible.

–Lo era... –Alex dejó escapar un suspiro–. Era muy ambiciosa.

–¿Trabajaba?

–Oh, no. Se conformaba con gastarse mi dinero. Cuando digo ambiciosa me refiero a... lo que quería era mezclarse con eso que se llama «la buena sociedad». Era socia de los mejores clubs, tenía el coche que correspondía a su status y vivía en una mansión. Incluso tenía una aventura con su entrenador de tenis. Todo socialmente aceptable.

Sophie arrugó el ceño.

–No lo sabía. Lo siento.

–Yo no. Fue una liberación para mí que tuviese una aventura.

–¿No te importó?

–Sé que suena raro, pero así fue. Lo único que sentí fue alivio. Era como si por fin tuviera una excusa para dejarla.

–¿Por qué necesitabas una excusa?

–Cuando lo sepa te lo diré.

Era mejor quedarse soltero, pensó Sophie. Casarse con una persona que no te importaba... como el matrimonio de sus padres y probablemente el de sus abuelos. Y ella pensando que eso sólo ocurría en las familias reales.

–Pero debiste sentirte muy solo estando casado con una mujer a la que no querías.

Alex se encogió de hombros.

–Vivíamos vidas separadas. Durante el último año apenas nos vimos.

Sophie se apoyó en un codo para mirarlo.

–¿Tú la engañaste alguna vez?

La pregunta pareció pillarlo por sorpresa.

–No voy a mentirte, tuve la tentación muchas veces. Pero mi abogado me aconsejó que no le diera munición alguna. Así que le fui fiel hasta que nos separamos.

En la misma situación, ella no estaba segura de haber hecho lo mismo. Claro que ella no se hubiera casado con un hombre del que no estaba enamorada.

–¿Sabes una cosa? Tu acento siempre me ha parecido increíblemente sexy.

Sophie sonrió.

–Perdona, pero en este país eres tú quien tiene acento.

–Eres preciosa –Alex acarició su mejilla y ella cerró los ojos.

–Esto me gusta mucho. Tú y yo...

–A mí también. Imagino que mientras esté diseñando el balneario vendré por aquí a menudo.

–Imagino que sí.

–Así tendremos oportunidad de estar juntos.

A Sophie se le puso el corazón en la garganta. Deseaba eso más de lo que Alex podía imaginar. Se sentía feliz cuando estaba con él. Se sentía... normal. Era el único hombre que parecía entenderla de verdad y, sobre todo, que no intentaba controlarla. Alex respetaba su independencia y...

Fue entonces cuando se dio cuenta de que, aunque había jurado que no iba a pasar, se había enamorado de él.

–¿Una aventura pasajera?

–Creo que ninguno de los dos está buscando un compromiso –contestó él.

Esa respuesta fue una sorprendente desilusión. ¿Pero qué había esperado?

–Sí, claro. He llegado a la conclusión de que soy demasiado independiente como para estar atada –le dijo. Tenía que convencerse a sí misma de eso.

No podía dejarse atrapar por un hombre que no quería ser atrapado.

# *Capítulo Trece*

Alex salió de la ducha y, después de secarse con la toalla, entró en la habitación para mirar la hora. Debía encontrarse con Sophie abajo en diez minutos para dar un paseo y si no se daba prisa llegaría tarde.

Volvería a casa en unos días, a Estados Unidos, a su nueva vida como hombre libre con la que había soñado desde el día que pronunció el «sí, quiero» cuando debería haber dicho: «no, no quiero». Entonces, ¿por qué pensar en marcharse de Morgan Isle lo dejaba con una sensación de vacío en el estómago?

La idea de seguir allí lo atraía más que volver a Nueva York. Con el proyecto del balneario estaría muy ocupado y la posibilidad de conseguir encargos en Europa había sido siempre el objetivo de su padre. Y el suyo.

Pero marcharse de Morgan Isle significaba algo más: había llegado el momento de romper con Sophie. Sabía que estaba enamorada de él y lo único que quedaba por hacer era dejarla y romperle el corazón. Todo muy sencillo, pero no encontraba el momento adecuado.

Aunque estaba seguro de que, tarde o temprano, se presentaría la ocasión.

Su móvil sonó entonces y cuando miró la pantalla comprobó que era Jonah. Tenía la sensación de que habían pasado meses desde la última vez que habló con él.

–Siento no haberte llamado antes –se disculpó su amigo–. Ha sido una semana agotadora. Sólo quería decirte que Cynthia ya ha recogido todas sus cosas.

Se había olvidado de eso por completo. Una semana antes lo temía, pero ahora ya no le parecía importante. Se sentía… como ajeno a su antigua vida.

–¿Intentó alguna de sus maniobras?

–No, nada para lo que no estuviéramos preparados.

Alex puso el altavoz del móvil para poder vestirse mientras hablaba con su amigo.

–¿Qué quieres decir?

–No se llevó nada que no fuera suyo. Y lo mejor de todo es que nunca tendrás que volver a hablar con ella.

A su familia no le haría gracia. Seguían esperando que cambiase de opinión y se reconciliara con Cynthia a pesar de haberles dicho muchas veces que eso no iba a pasar.

Hasta ese momento siempre había tomado sus decisiones pensando en otra persona, pero a partir de aquel momento haría sólo lo que él quisiera hacer. Tuviera la bendición de su familia o no.

–Parece que lo estás pasando bien en Morgan Isle –dijo Jonah.

–¿Qué quieres decir?

–Te has convertido en una celebridad.

–No te entiendo.

Su amigo soltó una carcajada.

–No lo sabes, ¿verdad?

–¿Saber qué?

–Todas las revistas han publicado fotografías tuyas llevando a la princesa en brazos.

–¿En serio? –Alex había estado demasiado ocupado como para leer los periódicos o poner la televisión.

–Y se especula sobre si vas a ser un nuevo miembro de la familia real.

No, imposible. Aunque esas especulaciones harían que su inevitable traición doliese mucho más. Y eso debería ser una fuente de satisfacción, pero…

–Supongo que no tengo que preguntar cómo va tu plan de venganza. Parece que la tienes comiendo en la palma de tu mano.

–Como había planeado –asintió Alex.

¿Por qué esa idea lo dejaba tan… vacío?

–Bueno, pues entonces supongo que debes estar contento.

Alex oyó un ruido y, al girar la cabeza, vio a Sophie en la puerta. Y supo por su expresión que llevaba allí un rato, de modo que debía haberlo oído todo…

Había estado buscando el momento adecuado y allí estaba.

–Jonah, ahora no puedo seguir hablando. Te llamo más tarde –Alex cortó la comunicación y se volvió hacia Sophie, que lo miraba con una expresión indescifrable. Esperaba sentirse vengado, pero no era así. Sabía que debía decir algo, aquél era su gran momento, pero tenía la mente en blanco.

Pero Sophie no. A ella nunca le faltaban las palabras.

–No te molestes en negarlo, lo he oído todo.

–No iba a hacerlo.

–Supongo que eso lo explica todo –Sophie levantó el periódico que llevaba en la mano. En la portada había una fotografía en blanco y negro de Alex llevándola en brazos hasta el coche y sobre la fotografía un titular que decía: *¡La princesa me ha robado a mi marido!*

–Sophie...

–Pero se te había olvidado mencionar que tu mujer y tú estabais a punto de reconciliaros.

–¿Qué?

Alex tomó el periódico, incrédulo. Cynthia quería destrozarle la vida, como era habitual. Pero no sabía que haciendo eso estaba ayudándolo. O lo estaría haciendo si se hubiera ajustado al programa.

¿Qué le pasaba?

–No vas a negarlo, ¿verdad?

–Si ha salido en el periódico, será verdad –dijo él, encogiéndose de hombros.

Ella asintió. Si estaba enfadada, no lo parecía. Se mostraba fría como el hielo.

–Has sido una distracción estupenda –le dijo, levantando la barbilla–. Como lo fuiste hace diez años. Aunque entonces nuestra relación tuvo un propósito.

–¿Tu billete para la libertad?

–Mi billete para ir a Francia a estudiar, sí. Muy sencillo, yo te dejaba plantado y mis padres me permitían ir.

Eso debería haberle dolido, pero no fue así. Porque no era verdad. Durante todos esos años había querido creerla egoísta y mimada y ahora que demostraba serlo... ¿por qué le parecía que estaba mintiendo? Porque aquélla no era la Sophie que él conocía. Esa fachada arrogante sólo era eso, una fachada.

–¿Qué pasa, Alex? ¿No es ésta la reacción que esperabas? Ya te dije que sólo era sexo. Es difícil vengarse de alguien a quien no le importas –le espetó, mirándolo con compasión–. ¿De verdad creías que volvería a enamorarme de ti? –Sophie inclinó a un lado la cabeza–. ¿O es que tú te has enamorado de mí?

Él no estaba acostumbrado a dar golpes bajos pero, quizá por la rabia, por la frustración, eligió herirla donde sabía que le dolería más:

–Una vez me dijiste que tus padres eran tan fríos que te hicieron creer que no eras digna de amor.

–¿Y?

–Bueno, alteza, pues tenían razón.

Sophie permaneció impasible, pero se había puesto pálida. Se quedó allí unos segundos más, mirándolo, y luego se dio la vuelta y salió de la habitación sin decir una palabra.

Y, en ese instante, Alex supo que había ganado.

El único problema era que ya no sabía por qué estaba luchando.

***

Sophie bajó a toda prisa la escalera, intentando controlar las lágrimas. Si Alex le hubiera arrancado el corazón no le habría dolido más que esas palabras. Había bajado la guardia, había confiado en él... había sido tan tonta como para creer que le importaba. Pero todo era mentira, un plan para hacerle daño.

Y se moriría antes de hacerle saber cuánto le había dolido.

Estaba llegando al pie de la escalera cuando oyó palmas y se volvió, sorprendida.

–Enhorabuena, hermanita. Menuda interpretación.

Evidentemente, Phillip había oído la conversación entre Alex y ella.

–Métete en tus asuntos.

–Tú eres asunto mío.

De nuevo, ¿para qué molestarse en discutir? Tenía razón. Phillip era el cabeza de familia, el jefe de la casa real, de modo que ella siempre sería asunto suyo. Después de treinta años debería aceptarlo de una vez.

–¿Estás enfadado?

–¿Por qué iba estarlo después de haber hecho todo lo posible para que volvierais a estar juntos?

Para que volvieran a estar juntos...

Sophie estaba tan sorprendida que se quedó con la boca abierta.

–¿Sabías que Alex y yo...?

–Tendría que haber estado ciego para no verlo. Cuando vino hace diez años no podíais dejar de miraros, de sonreíros a todas horas...

–Pensé que habíamos engañado a todo el mundo.

–Cuando Alex volvió a su país tú estabas inconsolable y no has vuelto a ser la misma desde entonces. Era como si algo hubiera muerto dentro de ti. Sencillamente... te rendiste.

Tenía razón, se había rendido. La parte que podía ser capaz de amar había muerto con él. Y, desde entonces, hiciera lo que hiciera no se sentía satisfecha. Estaba buscando... algo, no sabía qué. Pero quizá lo que le faltaba era Alex.

El único hombre al que había amado en toda su vida. Quizá el único hombre al que podría amar. Aunque él no pudiera devolverle ese amor.

–Entonces, ¿todo eso sobre mi comportamiento inapropiado, sobre que esto era un trabajo...?

–La mejor manera de convencerte para que hagas algo es decirte que no puedes hacerlo.

Sí, seguramente tenía razón.

–O sea, que has estado jugando conmigo.

Phillip se limitó a sonreír.

–¿Y Hannah? ¿Ella también lo sabía?

–Sí, claro.

La habían engañado los dos. Ella pensando que lo tenía todo controlado... y sólo era una ilusión.

Debería enfadarse, pero estaba cansada de luchar.

Cansada de pelearse con las personas que más le importaban.

–No puedo creer que lo hayas sabido durante todo este tiempo…

–Eres tan cabezota, Soph. Pero quiero evitar que cometas el mayor error de tu vida –Phillip apretó su mano–. No hace mucho tiempo yo estuve a punto de hacer lo mismo. De hecho, creo que tus palabras exactas fueron: «eres un idiota, Phillip». Bueno, pues ahora pienso devolverte el favor. Soph, estás siendo una idiota. Y si no haces algo volverás a perderlo. Dile lo que sientes.

–¿Para qué? Ya le has oído, sólo estaba utilizándome.

–¿De verdad crees eso?

Sophie ya no sabía qué creer.

Podría haber querido engañarla al principio, pero algo había cambiado. Alex había cambiado. Al menos, eso pensaba.

Pero si era así, ¿por qué no se lo había dicho?

Aunque daba igual. Alex nunca sería feliz allí, viviendo en una familia real. Podría ser feliz durante un tiempo, pero acabaría cansándose de las obligaciones oficiales.

–¿Estás enamorada de él, Soph?

Ella se encogió de hombros.

–¿Qué más da?

–Estoy seguro de que a él no le da igual.

Ojalá pudiera creer eso, pero otro golpe directo a su autoestima era algo que no podría soportar.

–A veces conseguir lo que uno quiere significa correr riesgos. Tú me enseñaste eso –insistió su hermano.

¿Pero y si ella no sabía lo que quería? ¿Y si estaba equivocada?

Entonces hizo algo que no había hecho en años: se echó en los brazos de su hermano.

–Gracias.

–Te quiero mucho, Sophie, ya lo sabes. Sé que no lo digo suficientes veces y quizá no lo demuestro mucho, pero te quiero.

–Yo también te quiero.

Phillip la miró a los ojos.

–No vas a hablar con él, ¿verdad?

Sophie se encogió de hombros.

–Era un buen consejo, pero no puedo hacerlo.

–Y me dices a mí que soy cabezota...

–Hazme un favor: no le cuentes nada. Ni siquiera le digas que lo sabes. Y, por favor, no dejes que esto afecte a tu relación con Alex. Prométemelo.

–Te lo prometo.

–Gracias.

Ella se dio la vuelta para salir de palacio, pero su hermano la llamó:

–Aunque tú seas una cabezota, espero que Alex tenga suficiente sentido común como para intentar recuperarte.

También lo esperaba Sophie, pero no contaba con ello.

# *Capítulo Catorce*

Sophie apenas pudo pegar ojo esa noche y se pasó el día entero en casa para evitar un encuentro con Alex. Todo el tiempo rezando para que apareciese en su puerta, dispuesto a confesarle amor eterno. Rezaba para que ocurriese el milagro y, a la vez, lo temía con todo su corazón. Porque, como diez años antes, tendría que dejarlo ir.

El domingo por la tarde, desde la ventana de su estudio, vio que los criados guardaban las maletas de Alex en el coche para llevarlo al aeropuerto.

Y supo entonces, sin ninguna duda, que todo había terminado.

Le dolía el corazón pero, a la vez, se sentía aliviada. Era más fácil así. Al menos, eso era lo que se diría a sí misma a partir de aquel momento.

–Veo que el señor Rutledge se marcha –comentó Wilson.

–Sí, parece que sí.

–¿Y está segura, alteza, de que es lo mejor? –le preguntó el mayordomo.

Oh, no, él también no. Sophie respiró profundamente, pasándose una mano por la cara. ¿Todo el mundo tenía que meterse en sus asuntos?

–Wilson, ni siquiera te cae bien…

–Quizá fui un poco apresurado en mi juicio. Y sienta yo lo que sienta por el señor Rutledge, la verdad es que la hace feliz.

¿Pero durante cuánto tiempo? ¿Cuánto tiempo antes de que volviera a romperle el corazón?

Además, no tenía energía para otra discusión sobre su vida amorosa.

–Voy a darme una ducha y luego me meteré en la cama. Voy a dormir durante un mes y sería estupendo que nadie me molestara.

–¿Durante un mes?

Sophie se encogió de hombros.

–Por lo menos doce horas sin interrupción.

Wilson asintió con la cabeza antes de salir del estudio.

–Como desee, alteza.

No estaba de acuerdo, era evidente. Claro que nunca lo diría en voz alta. ¿Por qué nadie confiaba en su buen juicio?

Sophie fue a su habitación y se encerró en el cuarto de baño. Quería relajarse en la ducha, pero cuando salió se sentía tan tensa y tan triste como antes. Era como si le faltara algo, como si alguien hubiese metido una mano en su interior para arrancarle el alma.

Una sensación que recordaba muy bien porque le había pasado lo mismo la primera vez que Alex salió de su vida.

Aunque Alex no había salido, ella lo había echado.

El sol se había puesto y su habitación estaba a oscuras, de modo que encendió una lámpara…

Y dio un salto al ver una figura frente a la ventana.

Alex se volvió con una expresión… en fin, no podría definir su expresión en ese momento.

–Empezaba a pensar que no ibas a salir nunca. Parece que en esta casa no se piensa en ahorrar agua.

Sophie apretó la toalla contra su pecho. Aquello era tan extraño, tan irreal…

–Seguro que no has venido para hablar del medio ambiente. De hecho, me gustaría saber cómo has logrado llegar aquí sin que Wilson te detuviera.

–A punta de pistola. Lo he atado y lo he metido en la despensa –contestó él.

–Sí, claro.

–No, bueno, la verdad es que Wilson me dejó entrar.

¿Ah, sí? Pues iba a tener una seria charla con Wilson sobre seguir instrucciones y meterse en sus asuntos.

–Vas a perder el avión –le dijo, mirando el reloj.

–No voy a perder el avión porque no hay ningún avión que perder.

No podía querer decir que iba a quedarse en Morgan Isle por ella. Sophie levantó la barbilla e intentó mirarlo con frialdad, cuando por dentro estaba cayéndose a pedazos.

–¿No vas a preguntarme por qué?

Tenía miedo de hacerlo. Y fuera cual fuera la razón, en realidad daba igual.

–No vas a ponérmelo fácil, ¿verdad? –suspiró Alex entonces.

–¿Y por qué iba a hacerlo?

–He venido para disculparme.

–¿Por qué?

–Por decir que no eras digna de amor. Además de ser una grosería no es verdad, Sophie. Pregúntame cómo sé eso. Vamos, pregúntamelo.

–¿Cómo lo sabes?

–Porque te quiero –Alex dio un paso adelante y ella tuvo que hacer un esfuerzo para no echarse en sus brazos–. Y no pienso dejar que me eches de aquí otra vez. Hace diez años debería haber insistido, pero el orgullo me lo impidió. Y fue un error que no pienso cometer nunca más.

Después alargó una mano para acariciarla y, con el corazón golpeando sus costillas, Sophie enterró la cara en su camisa, agarrándose a él como si no quisiera soltarlo nunca.

–Me has utilizado –le recordó.

–Y tú me utilízasete a mí. Pero, ¿qué importa eso ya?

No, no importaba. Sophie levantó la mirada.

–Te hice daño, Alex, y ni una sola vez te he dicho que lo sentía. Pero lo siento, lo siento muchísimo...

–Estás perdonada –sonrió él.

–¿Y si lo nuestro no funcionase?

Él acarició su pelo mojado.

–¿Cómo vamos a saberlo si no lo intentamos?

–Soy cabezota, independiente, vuelvo loco a todo el mundo...

–Sí, pero todo eso es lo que me gusta de ti –la interrumpió Alex, inclinando la cabeza para besarla–. Eres perfecta para mí.

Sophie había esperado toda su vida para escuchar esa frase.

–Te quiero, Alex. Nunca he dejado de quererte.

–Lo sé –sonrió él.

–¿Y tú me llamas egocéntrica?

–Bueno, se puede decir que tenemos mucho en común –rió él.

–Tú sabes que esta relación podría ser una pesadilla. Tú a un lado del mundo, yo al otro…

–Entonces tendré que venirme a vivir aquí.

–Oh, Alex, no puedo pedirte que hagas ese sacrificio.

–No me lo has pedido tú y no es un sacrificio. De hecho, lo he estado pensando desde que llegué a Morgan Isle. Y, por cierto, no tengo el menor interés en un noviazgo largo.

–¿Ah, no?

–Durante diez años he sabido que eras la mujer de mi vida. Ahora tenemos que compensar esos años perdidos y creo que deberíamos olvidarnos del noviazgo y casarnos inmediatamente.

–¿Y dónde viviríamos?

–Aquí, en el palacio, donde tú digas.

–Pero acabas de divorciarte…

–En realidad, nunca estuve casado con Cynthia. Al menos no estuve casado en mi corazón. Y a menos que tú no quieras casarte…

A pesar de todo lo que había dicho en los últimos años sobre no atarse a nadie, sobre no querer sacrificar su libertad, estar con Alex no sería ningún sacrificio. De hecho, no se le ocurría mejor manera de pasar el resto de su vida.

De modo que sonrió.

–¿Por qué no me lo pides oficialmente y así nos enteramos?

Alex clavó una rodilla en el suelo y apretó su mano.

–Sophie Renee Agustus Mead, ¿me harías el honor de ser mi esposa?

–Sí –contestó ella, con más alegría de la que había pensado posible en su corazón–. Seré tu esposa.

Él se incorporó para tomarla entre sus brazos.

–Pues ya era hora, cariño.